Thomas B. Reverdy est né en 1974. *La Montée des eaux* est son premier roman, publié en 2003. C'est aussi le début d'une trilogie comprenant *Le Ciel pour mémoire* (2005) et *Les Derniers Feux* (2008, prix Valery-Larbaud). Son dernier roman s'intitule *L'Envers du monde.*

DU MÊME AUTEUR

Le Ciel pour mémoire
Éditions du Seuil, 2005

Les Derniers Feux
Éditions du Seuil, 2008

L'Envers du monde
Éditions du Seuil, 2010

Thomas B. Reverdy

LA MONTÉE DES EAUX

ROMAN

Éditions du Seuil

TEXTE INTÉGRAL

ISBN 978-2-7578-1948-7
(ISBN 2-02-061289-5, 1re publication)

À Marine et Elsa, toute ma gratitude.

Pour Anne

Je suis assis. Il pleut. Je peux sentir que la lumière baisse, parce que c'est l'hiver. Je voudrais raconter comment c'est arrivé. Je voudrais me souvenir de l'été.

À la fin il semble pourtant que c'était, déjà, une période troublée. Un peu partout des guerres éclataient sans qu'on le sache ou sans qu'on s'en soucie. Il y avait des bouleversements dans l'atmosphère, dans les climats, les saisons et la politique internationale, la grande économie comme on disait, des changements qui devaient bien aller dans un sens ou un autre, mais dont le point de fuite restait indiscernable ; c'était un point d'interrogation de plus, un point sur lequel on n'était pas d'accord, c'était un temps de doutes et de prophéties bizarres, et cela, curieusement, tout le monde le répétait à l'envi : un temps trouble, un temps de fin des Temps modernes ou de fin des temps tout court. On faisait autour de tout cela de grandes discussions. On voulait croire que des gens, des sociétés, des confréries, des clubs, dans l'ombre, tiraient les ficelles, qui savaient où ils nous menaient ; mais les clubs et les gens dans l'ombre ne faisaient que se servir au passage, comme des brigands ou des aristocrates.

Tout cela est si loin.

À bien y réfléchir, il me semble qu'une énorme gueule de bois m'a cueilli un matin sans souvenir d'avant, indifférent au reste.

C'est Julien qui est venu me chercher.

C'était dans un de ces commissariats inexpugnables que la préfecture avait fait construire au début des années soixante-dix. Les cages étaient nombreuses et toutes au rez-de-chaussée, le long d'un couloir qui devait faire plusieurs dizaines de mètres, garni d'armoires métalliques où les policiers rangeaient leurs affaires personnelles. Ils y passaient et repassaient sans cesse. Pendant la nuit, un brigadier avait sorti de l'une d'elles une arme, un revolver qui m'avait paru démesurément gros, et l'avait pointé sur moi. J'avais baissé la tête et il s'était mis à rire et à m'insulter. C'est peut-être à ce moment-là que je me suis vomi dessus. Je ne me rappelle plus son visage. D'ailleurs, si ce n'était pas absolument impossible je dirais volontiers qu'il n'en avait pas. Avant cela j'avais eu droit aux claques dans le fourgon, par un gros qui répétait qu'il avait eu la « Baffe d'or » l'année précédente et qu'il ne voulait pas perdre son titre. Des porcs, à peine moins saouls que moi. Et puis l'hôpital et l'interne, qui me sèche un peu le sang que j'avais au-dessus des sourcils avec un bout de coton et de l'éther, sans un mot, et me redonne à mes gardiens pendant que je lui crie que c'était bien la peine, de faire autant d'études. La tête me brûle, ensuite, et je ne me souviens presque plus de rien.

Il faisait froid. Tout était en ciment.

J'étais réveillé depuis une heure ou deux lorsque Julien est arrivé, au petit matin. J'avais dû donner son numéro. On m'a remis un procès-verbal pour ivresse et manifeste sur la voie publique, mais dans le fond tout le monde s'en fichait pas mal et ça n'est jamais arrivé jusqu'au tribunal de police.

Nous sommes allés dans un bar où il m'a payé deux croissants, une vodka-tomate et un Alka-Seltzer. La vie a repris son cours. J'avais seulement un trou de mémoire de plus à mon passif. Jusqu'à deux ou trois par semaine, cela faisait une jolie collection.

Je commençais à m'oublier.

Julien me disait que ce n'était pas grave, que c'était de toute façon une sale période. Je crois qu'il s'inquiétait un peu pour moi, cependant il ne me reprochait rien, il était toujours là. Comme il devait partir travailler nous nous sommes donné rendez-vous, le soir même, dans un bistrot que nous aimions bien, pour la fête du Beaujolais nouveau. Je suis rentré me coucher.

Même aujourd'hui, lorsque j'y songe, je ne peux pas m'en vouloir, vraiment. Je revois la fin de mon été, comme un film que je n'aurais cessé de recomposer depuis. J'ai dans la mémoire un studio de montage et des kilomètres de bandes à restaurer, à repeindre de couleurs tendres et chaudes, à reprendre. Vingt ans, avant que l'hiver me tombe dessus, cela me fait cent soixante-quinze mille deux cents heures de film dont ne me reviennent, chaque fois, que les dernières scènes.

Je voudrais raconter comment c'est arrivé.

Retrouver mon adolescence, même en forme de ruines, gratter la terre, souffler sur la cendre, un à un dépoussiérer puis agencer ses carreaux de mosaïque, recoller mes morceaux.

J'habitais dans une chambre, près du fleuve, un quartier de jolies filles et de touristes. J'étais en âge de finir des études qui traînaient depuis quelques années, çà et là, dans les couloirs de la faculté, au gré des cours passés au café et des rencontres qu'on y faisait ; j'étais en âge de travailler, il aurait fallu commencer par des stages non rémunérés, des formations de l'Agence pour l'emploi, effectuer d'autres stages encore, puis trouver des boulots de plus en plus éloignés de ce que je savais faire ou qu'on m'avait appris à faire, y rencontrer des gens, pour finir se constituer un carnet d'adresses, c'est ce qu'ils disaient : rencontrer des personnes qui nous donneraient un coup de pouce ; après des années de jobs débiles pour lesquels on était trop qualifiés, attendre le piston qui nous gratifierait soudain d'un poste pour lequel on ne l'était pas assez, comme s'il se fût agi du bon ticket de loterie ; et moi j'étais en âge, alors, de me lancer dans tout ce parcours un peu absurde et même j'étais déjà vieux, en fait, pour les premières armes. Pourtant j'avais bien essayé, trois mois, j'avais tenu trois mois de vacances, non payé à ne rien faire dans une maison qui n'embauchait pas, on m'avait prévenu dès le premier jour.

C'était, pour tout le monde je crois, une période difficile.

Les gens étaient indécis et se faisaient par pragmatisme une vie de petites choses qui les emplissaient d'aise et d'aisance, une vie de biens acquis l'un après l'autre, accumulés avec patience et opiniâtreté : des vêtements devenus bon marché, moitié viscose et moitié polyester, qu'on avait aussi vite fait de racheter que de nettoyer, des canapés, des posters, des disques achetés au rayon Meilleures Ventes, des ustensiles de cuisine et même quelques livres dont on faisait la promotion à la télévision, des appareils électroménagers et des gadgets technologiques, des tapis, des tables basses, des tables hautes, pliantes, à roulettes, des ordinateurs et des jeux pour s'en servir, des poubelles à papier, à verre, à emballages, à déchets pour tout ce qui se jette et des malles, des Tupperwear, des armoires et des bocaux pour tout ce qui se garde, des bouteilles pour les amis, des bouteilles pour les soirs de dîners en amoureux et des bouteilles pour les regarder vieillir, pour se faire une cave dans le garage ou dans un coin de la cuisine ; enfin, toute une foule de choses qu'ils organisaient et qui finissaient par composer un quotidien, avec ses rites, ses petites cases, sa fonctionnalité et son esthétique enfin réconciliés, un art de vivre centré sur soi, puisqu'on n'avait qu'une vie, que c'était chacun la sienne et qu'il fallait combler son trouble.

Le mien venait de plus loin.

Je crois que l'hiver a débuté pour moi le matin où Julien est venu me chercher au commissariat.

Ce sont des villes d'attente et d'ennui, se dit-il, mesurés par des aiguilles aux horloges des gares, sous un ciel gris faible que vient percer l'aube, accordant un répit de lumière pâle, rose dans le ciel sous les nuages et bleue sur les façades, une trêve dans les jours et les nuits de pluie, sur les rails et le ballast luisants, sur le premier train qui vient là et s'arrête durant quarante secondes, noir, gris et bleu, sale et plus noir que le tunnel qui le crache ; sur les employés du petit matin qui traversent la ville endormie, endormis eux-mêmes ; sur la gare de cette ville périphérique suspendue à la ponctualité des arrêts dans l'aube rosée puis, plus tard, dans la journée pluvieuse et le soir de nouveau, de retour, cette ville d'attente et d'ennui mesurés, par des aiguilles, aux horloges de la gare ; sur les quelques voyageurs aussi qui descendent, comme à contre-courant, se retrouvent seuls, à peine quelques-uns ; sur le quai redevenu désert, solitude, hésitation ; et sur lui qui machinalement jette un regard de biais à l'horloge ronde et éclairée comme une lune dans un ciel de poutres métalliques, lui qui se dit peut-être qu'il est tôt et qu'il ne connaît pas ou mal la vie de cette heure bleue et qui, peut-être, a du mal à reconnaître aussi la gare, la ville et le visage des gens qui lui étaient familiers, il n'y a pas si longtemps. Il sort et se dirige, comme un somnambule, vers le parc, inattentif aux choses qui sommeillent ou qui bougent et parlent derrière les fenêtres éclairées, ou devant les rideaux de fer qu'on lève aux devantures des échoppes. Il progresse sur un chemin qu'il connaît par cœur et ne reconnaît pas, d'un pas rapide qui n'ose pas se dérouler en course, comme sur un fil, le cœur battant plus vite que ses jambes le pavé, et haletant parfois il s'arrête et regarde, autour de lui, les maisons, les arbres et les immeubles qui furent son univers.

Le grand parc pourtant n'est plus le même et c'est la première fois, se dit-il, qu'il voit ici aussi les ravages causés par la tempête, la forêt éventrée par de larges couloirs d'arbres abattus, brisés parfois à mi-hauteur, le bois à terre déchiqueté s'effilochant comme une viande de pot-au-feu et commençant à pourrir et se colorer de brun plus sombre, aux endroits où l'écorce éclatée en laisse voir la chair, comme une fracture qui se gangrène ; c'est la première fois qu'il pense aux arbres, au milieu de ces tranchées de boue et d'humus, comme à des créatures vivantes, comme à des images d'armées, d'ancêtres veillant sur la beauté du monde et victimes des dérèglements introduits par l'homme ; c'est la première fois, peut-être par association d'idées ou à cause de son état de fatigue, qu'il sent des larmes lui monter aux yeux devant le grand cèdre du Liban déraciné qui lui apparaît, clairement, comme un cadavre brisé et éviscéré commençant à sombrer dans l'épaisseur boueuse de la terre, à cet endroit qui était une prairie où il jouait, enfant, et qui n'est plus qu'un cimetière. La première fois que la nature le rend triste et qu'en la contemplant il repense à la mort, sans vraiment comprendre pourquoi ou se le formuler, mais c'est une simple image, qui vient s'ajouter à d'autres qu'il lui associera et qui ne le quitteront plus. Certains troncs sont tombés en travers du chemin et en ont brisé le ciment, le faisant sauter par plaques de plusieurs mètres dressées en quinconce qui font croire à un tremblement de terre et l'obligent à ralentir, à s'arrêter, à étudier son parcours au milieu des craquements de la forêt et des arbres qui, retenus en l'air par des branchages et des lianes de lierre, sont tout prêts à s'effondrer dans un bruit sourd et rejoindre les autres gisants, l'obligeant à ralentir sa marche, parfois à s'arrêter comme au pied d'un mur agonisant, à rouler des yeux fous sur ce désastre qui l'environne, la ruine de tout ce qui fut son univers ; le forçant à s'arrêter pour observer l'écroulement qui prendra encore un ou deux ans et dix à s'effacer, à disparaître, et vingt ans, peut-être, à se dresser de nouveau ; le contraignant à contempler cette déroute sans la comprendre, quelques instants de plus, rythmés par l'affolement de ses yeux et les battements de son cœur, alors qu'il aperçoit déjà, loin derrière les arbres restants et le rideau de pluie fine qui revient, l'immeuble où ses pas le conduisent, à travers les obstacles.

Un dernier temps d'arrêt, au pied de l'immeuble repeint en vert et blanc, une dernière pause dans le vent levé et le ciel gris, depuis que l'aube a disparu, le ciel de nouveau sale et froid qui ne lave pas mais détrempe, accentuant le naufrage du monde qu'il a connu, une dernière hésitation lui fait regarder d'un œil vide les rectangles de plastique et les noms qu'ils protègent sur l'Interphone et, tout en haut, parce que l'appartement est au sixième et dernier étage, ce nom qu'il connaît pour être le sien, mais dont le prénom, indiqué par une initiale, ne concorde pas. Une dernière fois il bute et ne se retourne pas, son regard se perd, noyé comme le paysage de la terre quand il pleut pendant des jours ; il ne se retourne ni n'observe plus la porte ni l'Interphone, ni l'immeuble, ni, tout en haut, les volets clos de l'appartement. Il retire de sa poche un trousseau de clés qu'il n'a jamais utilisées, et doit s'y reprendre à deux fois pour entendre le mécanisme libérer la porte de son chambranle de verre, qu'il ne voit pas plus qu'il ne se voit l'ouvrir, ensuite, faire quelques pas, appuyer sur le bouton de l'ascenseur, puis rester debout, là, à l'attendre, les yeux bas penchés sur le trousseau de clés, dans sa paume ouverte, ruisselante comme ses cheveux et ses joues, les yeux déjà perdus dans l'abîme qu'ouvrira tout à l'heure ce même trousseau, là-haut, quand l'ascenseur y parviendra, au sixième et dernier étage, les yeux perdus pour toujours, lorsqu'il rentrera dans l'appartement, comme si c'était les yeux d'un autre.

Il fait nuit, se dit-il. Les draps vieillis qui recouvrent les meubles sont de couleur crème, ou jaune pâle, ils luisent faiblement dans la lumière grise qui rampe sous les volets clos, et tout cela sent la poussière même s'il croit reconnaître une autre odeur. Il est debout sur le seuil et il fait nuit.

Le monde a bien changé et je ne suis plus le même, sans doute. Aujourd'hui je suis assis. Je peux me souvenir que ça n'a pas toujours été le cas. Je suis seul aussi, aujourd'hui. J'ai dû connaître des moments plus gais. C'était avant.

Il y avait, par exemple, la fête du Beaujolais nouveau qui revenait chaque mois de novembre, après celle de l'Armistice, et remplissait les bars et les brasseries de curieux, de bons vivants et de n'importe qui en fait, de bons buveurs et d'amoureux, de lycéens sur le chemin de la maison, une fête qui rendait gai tout ce monde à qui l'on servait une piquette au goût de banane ou de cerise, selon la légende changeant au gré des experts convoqués par la télévision, à qui l'on servait donc ce jus, dans des bouteilles sans étiquette à cul épais, de cinquante centilitres, que là-bas à Lyon, disait-on, on nommait « pots », comme pour les confitures. Cela, par exemple, me remplissait d'aise. C'est dans un de ces bars où Julien m'avait donné rendez-vous, pendant cette période incomparable de novembre, que je la rencontrai un soir, ou était-ce la fin de l'après-midi. Elle arrivait à contre-jour dans l'aveuglement de la terrasse où venaient s'écraser comme une pâte jaune les derniers rayons du soleil qui descendait la rue, se cacherait bientôt, ferait un théâtre d'ombres effrayantes ou mélancoliques à l'aide des cheminées et des antennes, des angles saillants des fenêtres en chiens-assis, pour une heure encore lançant des reflets de larmes sur les mansardes aiguisées de givre, les gouttières, rebondissant, frisant l'air en ricochets sur les arêtes des automobiles glissant dans la rue, sur tout ce qu'il y avait de vitre ou de métal, même fugitivement, comme sur ses lunettes de soleil, leur monture lorsqu'elle s'est approchée, fragile et belle pensai-je, irradiée de toute cette lumière qui semblait faire un chemin à sa silhouette, qui en frangeait les gestes syncopés lorsqu'elle frôlait parfois quelque élément du décor rogné de lumière ainsi qu'elle, le dossier d'une chaise ou le plateau d'une table, comme si son équilibre, son parcours encore hésitant à travers la terrasse encombrée eussent tenu à la fragilité de ce contact irrégulier, furtif. C'est alors que je la rencontrai ou que plutôt je percutai sa silhouette du regard, encore indécise, sa silhouette un peu frêle vacillant dans son ourlet de lumière crue, se dirigeant vers la porte, vers la salle où je me tenais et discutais de je ne sais quoi à propos du vin ou des pots ou du goût de cerise ou de banane. Éléonore, Éléonore tel que je devais, plus tard, apprendre qu'elle s'appelait.

C'était l'agonie à la fois douce, brillante et suffisamment chaude d'une belle journée à l'air coupant et limpide, à l'horizon lointain.

Elle entra.

Il me sembla qu'un grand silence se fit dans ma conversation, et pourtant mes amis et les autres clients, sans doute, continuèrent de parler, mais pendant les quelques secondes que dura son approche et celles qui suivirent son entrée, il me sembla que j'étais, moi, d'un coup ôté du monde, aveugle et sourd, expulsé de moi-même. Le temps de m'habituer, de nouveau, à l'atmosphère du bar, le temps de faire le point, comme on dirait d'une caméra, sur sa sortie du contre-jour. Le temps d'une seconde passée à la regarder dans les yeux, maintenant qu'elle écartait de son visage le masque d'actrice que lui dessinaient ses lunettes noires, maintenant qu'elle regardait elle-même autour d'elle et dévisageait les hommes et les femmes attablés là, dans la pénombre relative du bar redevenu bruyant, ne reconnaissant sans doute personne et se glissant vers une banquette libre, dans un coin d'où elle verrait la porte et qui entrerait, qu'elle attendait peut-être, commandant un verre de beaujolais au garçon qui sillonnait inlassablement la salle, le buvant à petits traits, y trempant les lèvres plus qu'elle ne le buvait, et regardant parfois la porte ou les gens assis aux autres tables, depuis le coin où elle s'était installée et où je la découvris alors presque de profil, sur ma droite. Je baissai immédiatement les yeux lorsque je croisai pour la première fois son regard, et revins de plus belle à la conversation, à la fraîcheur du vin et à nos rires un peu bruyants.

Tombés d'accord, contre l'avis de la télévision, sur un goût de cassis, nous en étions à nous demander si, oui ou non, les vins étaient comme on le disait de plus en plus trafiqués, et si c'était à cause de la pression économique et des accords d'exportation qui nécessitaient une production de masse. Il n'était pas impossible qu'un jour on bût du vin coupé à l'alcool et au jus, comme on avait déjà du chocolat au beurre de cacahuète et des poulets aux hormones, dont les blancs rétrécissaient à la poêle, peaux de chagrin du rêve de la viande pour tous. On discutait de l'éradication programmée des bouilleurs de cru. On prophétisait la disparition du cognac au profit du whisky, et de celui-ci au profit du bourbon. On dénigrait la mode grandissante des cocktails au soda. On tirait à boulets rouges sur les bières trafiquées au gin ou à la tequila que les gamins s'envoyaient, dans la rue, le samedi soir, jusqu'à vomir leurs tripes. Et chacun citait, en exemple à suivre, une Irlandaise ou un gars de la campagne qu'il avait connu et qui savait boire, comme on disait, qui savait boire, nom de Dieu, des litres et des litres de gnôle ou de whiskey à la tourbe, et sans qu'il y parût, des gentlemen en somme. Et moi je participais, pour une fois, aux débats qui n'étaient pas de politique, et je commandais de nouveaux pots sans cesse, que nous prenions par paires et vidions rapidement. Je faisais rire en développant mes théories sur la qualité du vin, se mesurant plus au lendemain qu'au goût du jour, et je citais mes crus de choix à moins de dix francs, pays de l'hérault, pays de l'aude un petit peu plus piquant sans doute, mais doté d'un bouchon rouge en plastique, qui pouvait donc se boire en toute circonstance, n'importe où et sans outillage, même si, bien sûr, avec un bouchon en liège de vin de table ordinaire on pouvait encore se débrouiller, en l'enfonçant dans la bouteille à l'aide du pouce que de l'autre main on devait empêcher de plier ; c'était un peu plus compliqué mais cela marchait bien, la difficulté résidant essentiellement, une fois le bouchon enfoncé, dans la première gorgée car il fallait faire rentrer suffisamment d'air pour qu'il ne flotte plus dans le goulot, empêchant le vin de couler, S'il flotte ça ne peut pas couler, disais-je ; et ainsi on devait pour la première gorgée renverser la bouteille bien droit au-dessus de sa bouche bien ouverte, donner une petite tape, et guetter le glouglou qui libérait le goulot en faisant jaillir une grande rasade, qu'il fallait encaisser ; ensuite reprendre le goulot entre ses lèvres, et abaisser doucement la bouteille, ah, c'était toute une technique et cela demandait une petite expérience, mais c'était assez drôle. Je parlais aussi des degrés des différents vins, depuis certains rosés de Provence qui n'en comptaient que dix jusqu'à des vins catalans qui dépassaient les treize, et de la différence qu'il y avait, à douze degrés cinq, entre un rouge et un blanc, toujours plus agressif, et je ne vous dis rien du champagne ; c'était ce que j'appelais le rapport éthylo-bourre, mais pour faire une bonne étude il fallait demeurer dans la même gamme d'alcools : on pouvait comparer deux vins, mais pas un vin et une bière, par exemple, même si certaines bières de garde belges, à triple fermentation, pouvaient atteindre neuf degrés et au-delà. Avec la bière, le problème ce n'est pas d'encaisser, disais-je, c'est de pisser à temps ; et continuant ainsi de développer mes récents souvenirs de latrines, faisant des gestes et commandant des paires de pots que nous engloutissions, chacun y allant de son expérience et de son anecdote, nous amusant beaucoup et commençant bien, en somme, cette soirée de fête du Beaujolais qui suivait l'Armistice, continuant donc de tonitruer et de rire, j'aperçus à un moment, et je me souvins d'elle, la fille de la banquette qui nous regardait en souriant, et me souriait à ce moment où sans y penser je tournai les yeux vers elle, qui croisèrent les siens et son sourire, à la fille du contre-jour, assise depuis une heure ou deux et toujours seule dans son coin de salle, face à la porte, et un de mes amis dut le remarquer parce qu'il me fit alors un clin d'œil et je ne sus tout à coup plus quoi faire, restant interdit la regardant dans les yeux, la fille qui m'observait depuis déjà quelque temps, qui continuait de soutenir mon regard, ne sachant plus quoi faire, lui retournant son sourire un peu bêtement sans doute et me voyant moi-même, je ne sus ni comment ni pourquoi, lever mon verre, lui portant donc un toast, à distance, qu'elle me rendit, et rougissant sans doute, provoquant le rire et le clin d'œil d'un de mes amis, devenant quelques secondes, une fois encore, aveugle et sourd devant cette fille qui s'était posée sur la banquette comme un papillon, deux heures auparavant peut-être, et bizarrement y était toujours.

L'été avait mis tout l'automne à mourir, c'était un peu avant que fissent naufrage et la ville et mon enfance. Il y avait aussi des éclairs. Des rires, des éclats. Il y eut par exemple Éléonore. Éléonore, dont je devais tomber éperdument amoureux.

Je ne l'ai pas revue, pourtant, pendant des jours, et la tempête survenant alors, nous plongeant dans l'hiver, je pensais qu'elle avait été pour moi comme la dernière étoile filante de l'année.

Il fait nuit. C'est la première chose qu'il se dit en entrant, et d'ailleurs il n'entre pas. C'est à cause des volets de fer, clos, qui laissent à peine passer quelques rais de lumière grise baignant l'appartement d'un halo blafard d'aquarium, glissant sur la poussière et sur les draps qui recouvrent les meubles tels des fantômes immobiles. Il fait nuit sur l'appartement et sur l'hiver qui sera long, installé pour de bon alors qu'on vient à peine de dépasser, de quelques jours, la mi-novembre. Il fait nuit de cette nuit, se dit-il, qui n'en finira plus, à peine percée parfois par des rayons d'aube, rattrapés par la pluie. Puis il entre, quelques pas, et sa vue s'habitue.

C'est de tout l'appartement, et non pas seulement de la cuisine, ni de la moquette, dans l'entrée, ni des meubles en chêne, table, rayonnages, buffet, armatures des fauteuils, ni même des draps qui les recouvrent, qui n'y étaient pas la dernière fois qu'il est venu ; ça ne vient pas des murs, peints de couleurs différentes, ni des tableaux qui y sont accrochés aussi nombreux que dans une galerie, non plus des rideaux, plutôt des voilages, noués aux extrémités de la baie vitrée qu'obscurcissent les volets métalliques ; c'est de tout l'appartement et non pas, seulement, des livres, par exemple, dont beaucoup sont vieux et reliés de cuir, que vient cette odeur qu'il ne saurait définir et qui lui rappelle obscurément quelque chose de diffus et d'insaisissable comme, simplement, peut-être sa jeunesse parmi ces meubles et ces rideaux, cette moquette, les fauteuils, les rayonnages et livres qu'il parcourait avant même de savoir lire, et, plus loin, dans les pièces que les portes dissimulent à sa vue et non à son souvenir, les lits, les bureaux, les lampes d'architecte dont le ressort grince et les autres livres, les placards et les vieux manteaux, les vieux draps, et les boîtes à biscuits où l'on rangeait les diapositives ; c'est de tout l'appartement que montent cette odeur et l'impression fugace que ça n'a pas changé ou, puisqu'il est trop tard, que ça n'aurait pas dû.

Et cette odeur n'est pas celle de la cuisine ou des plats qu'on y a préparés, il y a tellement de temps, ça n'aurait pas tenu. Ce n'est pas non plus, se dit-il, une odeur humaine sauf, peut-être, dans la salle de bains où il n'est pas encore allé et où il pourrait reconnaître, sans doute, s'il ouvrait les placards au-dessus du lavabo ou derrière le bidet, entre le bidet et la baignoire, des odeurs de crèmes ou d'eau de Cologne, et encore faudrait-il qu'il ouvre les pots. Non. C'est l'odeur de l'appartement lui-même qui l'imprègne à nouveau, à présent que de quelques pas il y pénètre de nouveau, comme s'il ne l'avait jamais quitté. L'odeur de son enfance qui pourrait être demeurée la sienne s'il n'était pas parti.

Il avance et devine, sous la forme des draps, celle des fauteuils. Il frôle la longue table ovale. Avance à pas comptés, comme hésitant sur son parcours, le regard fixe buté aux choses et butant ainsi sans trouver de route où mettre ses pieds, se faufiler même, les yeux plongeant dans chaque meuble, dans chaque objet sans y rencontrer de fond, passant d'un abîme à l'autre et avançant à la suite de ses yeux d'un pas mécanique et maladroit, très lent, progressant par saccades, comme sur un fil, une corde tendue dans le brouillard. Et il demeure ainsi longtemps. Dehors il entend la pluie qui bat les volets, ruisselle sur le balcon, s'écoule le long des arêtes de l'immeuble et des gouttières dans un bruit de source. Il se souvient des arbres éventrés, et pense à la boue qui va encore continuer de les faire glisser, de les abattre et de les engloutir au sol, de les recouvrir de manière impudique, en y mêlant sa propre allure de désastre, noyant dans la muqueuse humide de la terre et régurgitant par endroits cet enchevêtrement de bois avortés, cette forêt qui aurait pu grandir et recouvrir le monde, comme elle l'avait déjà fait. Il pense à cette expression absurde du « silence de la nature », dont il ne se souvient pas où il l'a lue ou entendue. Dehors le vent, plus encore que la pluie, produit des craquements dans les branches et les troncs qui restent. Cela devait finir par arriver, se dit-il, cela devait bien finir par arriver, mais pensant cette phrase pour lui-même dans le bruit de l'extérieur et la pénombre de l'appartement il ne sait pas, au juste, s'il est en train d'écouter ou de voir, et si cette idée qui lui vient soudain doit s'appliquer au parc dévasté ou au salon désert. Ni si cette fin vient d'arriver ou devient seulement de plus en plus proche, à ce point qu'il puisse la sentir. Dans une sorte de sursaut il se décide enfin sur un chemin à suivre et passe entre les draps, sans plus les voir, jusqu'à l'interrupteur qui commande le plafonnier. Un bruit sourd de roulement mécanique se fait entendre et il observe, désemparé, le rideau de fer qui se lève sur le parc en même temps que la pièce s'illumine d'une vieille lumière jaune. Il regarde vaguement l'autre interrupteur, celui du volet, de l'autre côté de la baie vitrée ; il voit bien qu'il est en position haute ; il se souvient qu'il ne fonctionne que si le plafonnier est allumé, mais il reste figé, à le regarder, comme s'il ne comprenait pas, comme si c'était encore, avec l'odeur, un vieux souvenir qui venait le paralyser, le jetant dans une impossible hésitation du temps. Et puis soudain il arpente la longue pièce et actionne les autres boutons électriques, ouvre grands tous les stores dans un fracas qui se mêle à la pluie et aux gémissements lugubres des arbres, et se retourne à la fin comme s'il venait de prononcer quelque *Fiat lux !*, incrédule, frappé de stupeur devant ce monde à l'abandon, déçu comme si son geste avait pu changer quoi que ce fût, déçu roulant des yeux interdits sur cet univers désolé comme un démiurge malheureux, incapable de revenir en arrière, faisant courir ses yeux à la surface des draps et sur les tableaux des murs, impénétrables à la lumière, réfractaires à la vie, entendant de nouveau le vacarme, dehors, de la tempête qui s'attarde ou reprend son souffle, ayant envie de nouveau de pleurer comme s'il suffisait de crever le nuage de ses pensées grises.

Il se raccroche dans son vertige à la photo d'une jeune fille encadrée et posée parmi les rayons de la bibliothèque, au-dessus du poste de télévision, en face du fauteuil à larges accoudoirs et de la banquette, à une place où l'on ne peut que la remarquer, où l'on a dû, même, passer des soirées fort longues et fort nombreuses à ne regarder qu'elle, au-dessus des images filantes des films ou de l'actualité, la regardant pour retrouver le souvenir de la jeune fille, ou parfois comme un simple bibelot, une jeune fille dont on ne se souvient plus et dont on ne retrouve plus les traits, longuement et des soirs et des soirs d'affilée, jusqu'à confondre le souvenir et la photo où elle n'a pourtant que quinze ans, des boucles brunes et un sourire encore d'enfant, et, tentant de se souvenir, imposant ce sourire à toutes les autres images qu'on cherche à ressusciter d'elle ; la regardant comme la Joconde ou une icône et se disant cependant qu'on l'a connue.

Il se dit que lui ne l'a jamais connue comme ça, pas à cet âge, pas si jeune. Lui n'a connu que la trace, déjà, de ce sourire sur son visage, plus tard. Dans son vertige il se raccroche à la photo posée sur un rayonnage de la vieille bibliothèque. Il n'y voit qu'une jeune fille qu'il ne connaissait pas encore, à l'époque du portrait, et dont pourtant celui-ci constitue un souvenir de plus, à présent qu'elle est morte.

Il y avait des moments de grâce, comme le premier soir où je la vis. Elle n'a pas dit grand-chose : juste qu'elle s'appelait Éléonore, qu'elle n'aimait pas boire parce qu'elle n'aimait pas perdre le contrôle, ne pas savoir ce qu'elle faisait, ne pas se souvenir ; on a juste parlé de cela, pourtant on a discuté longtemps, elle et moi comme seuls au monde. Mon insouciance la faisait rire, mon insouciance lui faisait du bien ; elle me souriait, affirmait qu'elle-même n'était pas assez légère, peut-être, et j'ai pris sa main dans les miennes, faisant des efforts pour la regarder dans les yeux. Puis elle est partie, toujours en souriant, peut-être un peu gênée, après m'avoir embrassé. Moi je n'aurais jamais osé : je tenais seulement sa main que la nuit avait rendue froide, et je faisais tout mon possible pour ne pas osciller dans ma carcasse, ni rouler des yeux autour d'elle ou me mettre à loucher, la tête farcie de beaujolais, la gorge lente et les jambes fragiles. Elle est partie et j'ai pu enfin fermer les yeux quand son taxi a tourné le coin de la rue, j'étais au pied de mon immeuble où je n'avais pas osé, non plus, l'inviter à entrer, au pied de ma chambre sous les toits où m'attendaient ma vie de chat, d'autres bouteilles, mais je n'étais pas triste.

On s'était promenés au bord du fleuve. Je ne sais pas combien de temps cela avait pu durer, avant qu'elle me raccompagne. Nous avions emporté deux bouteilles que j'avais achetées au café et que j'avais bues presque seul, parce qu'elle n'aimait pas être ivre et qu'elle l'était déjà. Nous nous étions promenés, quelques heures, peut-être une ou deux, au bord du fleuve qu'aucun bateau ne fendait plus à cette heure, tranquille, comme un ciel à l'envers, noir, reflétant la ville et les étoiles ; immobiles pour une fois, comme si nous avions toute la vie pour nous asseoir sur ses berges et discuter là, ou nous taire, boire, regarder le silence de la nuit et nous sentir deux à le vivre ; tranquilles, oubliant que ce monde allait se réveiller, s'agiter de nouveau, vivre, courir, rire, avoir peur ou que sais-je ; quelques heures, un moment à peine dont nous avions profité.

Elle ne m'avait rien laissé, qu'un baiser.

Les jours suivants je les passai chez moi, à dormir. Un rideau de pluie ferma mon unique fenêtre, s'apprêtant à submerger la terre. On annonçait une tempête sans précédent et je ne savais pas, alors, qu'elle allait m'emporter aussi.

Les jours suivants me parurent vides, sans elle, mais ils finirent par passer quand même. Au bout d'une semaine, je revins dans le bar où je l'avais rencontrée. Le matin s'y succédaient les éboueurs et les postiers qui finissaient leur tournée. Ils s'étaient levés tôt et commençaient à boire de même, souvent des bières. Quelques vieux traînaient dans un coin, vêtus tels des clochards qu'ils n'étaient pas. Simplement ils n'avaient plus rien à faire que dépenser ici une maigre retraite d'artisan, deux ou trois mille francs par mois plus l'ardoise et les tournées de blanc limé offertes par la maison. Ensuite venaient les joueurs de PMU, qui s'installaient dépliant devant eux des journaux pleins de chiffres. Ils discutaient avec le patron, turfiste lui-même à l'occasion. Le fait qu'il fût le patron donnait à ses tuyaux une allure plus crédible qu'à ceux des autres. Il savait qu'un cheval avait été inscrit au dernier moment, dans une course du jour, et que son propriétaire, un émir ou un type comme ça, très important, avait fait spécialement le voyage, il expliquait cela comme s'il se fût agi d'un raisonnement mathématique, une démonstration dont il eût fallu bien maîtriser tous les présupposés, et puis il concluait avec le sourire large de celui à qui on ne la fait pas, rigoureux, implacable, Tu crois qu'un gars comme lui fait le déplacement pour voir courir son bourrin s'il n'est pas SÛR qu'il va gagner ?

Alors tout le monde reprenait ses feuilles de journaux mille fois dépliées et repliées, soulignait d'autres chiffres, prenait des notes, plissait le front, interrogeait le patron du regard, cornait certaines pages, déchirait proprement, sur un coin de table, un tableau de statistiques, en entourait certaines, recommandait une bière.

À midi s'attablaient les ouvriers du bâtiment d'un chantier voisin, ceux qui mangeaient avec les contremaîtres, le conducteur de travaux et parfois un ingénieur en veston. Ils parlaient fort. Ils avaient des mains plus larges que les autres clients, dans lesquelles les verres paraissaient fragiles.

Eux partis, il n'y avait jusqu'à l'heure de la sortie des bureaux que de rares habitués qui avaient résisté aux doses du matin, et des gens de passage. Le patron mettait la musique plus fort. Il attrapait, de temps à autre, un chiffon qui traînait sur le percolateur et nettoyait, sur son comptoir, une tache qui devait être là depuis des années, sans y croire, en frottant à peine, et cela lui prendrait sans doute des années encore à l'effacer. Un chien passait parfois dans la rue et se mettait à aboyer, alors il allait ouvrir sa porte et il lui gueulait dessus, mais dans le fond je crois que ça ne le dérangeait pas vraiment. Quand il revenait derrière son bar il y avait toujours un client pour lui parler des chiens pendant quelques minutes, c'était un sujet de conversation comme un autre et ils étaient souvent d'accord. Dans les bistrots il y a peu de clients accompagnés de chiens. Une autre fois, c'était un vieux copain qui passait et ils échangeaient des propos on ne peut plus sinistres sur la fonte des neiges et la fin des mondes, mais d'un ton badin, persuadés que ça ne changerait rien, fondamentalement, que les armées de l'Apocalypse auraient bien besoin de prendre une bonne bière de temps en temps. Dans les bistrots on s'habitue aux prophéties.

Je restais là des journées entières. Je buvais des anisettes. J'aimais bien le patron. Mais elle ne revenait pas.

Certains soirs, mon copain Julien venait me rejoindre jusqu'à ce que l'on soit saouls, puis il me raccompagnait chez moi, c'était à deux pas. Lui me parlait de son boulot, qui n'allait pas très fort et qui ne promettait pas de s'arranger en buvant des anisettes. Moi, je pouvais passer des heures à lui parler d'Éléonore. Je lui disais Tu te souviens de la nana du bar, le soir du Beaujolais, tu sais, la nana brune, qui s'était assise avec nous, on avait bavardé un moment avec elle, et elle s'appelait Éléonore, mais Julien ne s'en souvenait pas, ça ne l'avait pas marqué, non ; le soir du Beaujolais il y avait eu cette brune qui était entrée dans le bar, en contre-jour, la lumière dégouttait des bagnoles comme une source, mais ça ne lui disait rien ; elle était assise pas loin de nous, une, peut-être deux tables, dans le coin, elle avait l'air d'attendre et puis il n'est pas venu, il ou elle précisais-je, il ou elle n'avait pas été au rendez-vous, pourtant cette fille était si belle, quand elle est entrée elle portait des lunettes de soleil qui lui donnaient une allure de starlette, c'était le seul jour de beau temps qu'on ait eu, d'ailleurs, avant des semaines, mais il ne se rappelait rien ou si peu ; vaguement une brune peut-être, puisque je prétendais qu'elle était brune, mais qu'elle s'appelât Éléonore, non, et pourtant disait-il ce n'était pas un prénom courant.

On a fini par partir en week-end, sur la côte comme d'habitude, pour oublier puisqu'il n'y avait plus que cela à faire.

Dehors il pleut encore, bien sûr, il pleuvra toute la journée, il pleuvra peut-être tout l'hiver. Il regarde, posée sur une étagère de la vieille bibliothèque, la photo en noir et blanc d'une jeune fille qu'il ne reconnaît pas mais qui lui sourit et qui sourirait sans doute à n'importe qui, il la regarde mais c'est comme s'il voyait au travers, les cheveux bouclés, les yeux sombres et le sourire immortalisé comme on dit par le photographe, et pourtant, se dit-il, pourtant elle est morte. Il commence à s'y habituer, parce qu'il le faut bien. La lumière grise, la pluie dehors, l'odeur et la forme des draps qui recouvrent les meubles, les objets familiers, les livres, les murs troués de tableaux et, plus loin, derrière des portes demeurées closes, le bureau, la chambre, la pluie certainement là-bas aussi, de tous les côtés de l'immeuble, cette pluie qui s'installe comme l'hiver, et sur la bibliothèque le temps de reprendre ses esprits la photo de cette fille qui ne sourira plus. Tout à l'heure il viendra, se dit-il, M. Truc, il a oublié son nom, l'huissier qui doit faire l'inventaire.

Quelque temps encore pour visiter, pour retrouver des impressions, des souvenirs, des choses de lui-même, des bouquins, des vieux jouets qu'il avait oubliés, des photos, d'autres photos dans les boîtes à biscuits, les cartons à chaussures, dans le placard, déclassées, retournées, manipulées des milliers de fois, des photos qu'il a déjà vues, qu'on lui montrait parfois le dimanche, qui sont presque devenues pour lui des souvenirs, et cependant les regardant il cherche et ne retrouve rien de sa mémoire ; il était trop petit, il se souvient de la photo mais pas du moment où on l'a prise ; il ne se revoit pas, avec ce pull-over rouge et ce ballon en plastique, sur cette pelouse où depuis même les arbres ont grandi ; il ne se revoit pas, seulement dans cette pose un peu ridicule, les mains tendues vers la balle, le buste penché, les yeux dans l'autre direction, vers l'objectif ; il ne retrouve que cela, la photo elle-même, comme un chien étonné et reconnaissant qui découvre un vieil os enterré au jardin et ne sachant plus si c'est lui qui l'y a mis, ni quand. Sur la photo il doit avoir dans les trois, quatre ans, il a l'air heureux. Ce sentiment-là, non plus, il ne se le rappelle pas.

Il sait que le type doit venir et pourtant il sursaute quand sonne l'Interphone. Il range précipitamment les photos dans leurs boîtes, déclassées, retournées une nouvelle fois sens dessus dessous, comme s'il se sentait coupable de quelque indiscrétion, il range et referme le placard, traverse la pièce où tout est à sa place, sous les draps, dans la lumière grise du jour ; il n'a eu le temps de toucher à rien, c'est sans doute important pour un jour d'inventaire. Fugitivement, il pense qu'il est revenu là comme sur les lieux d'un crime.

– Oui ?

– M. Truchet. Je viens pour...

– Oui, oui, je vous ouvre. Attendez... Est-ce que c'est ouvert ?

– Oui.

– Sixième étage.

M. Truchet, se dit-il, Truchet. Ouvrant la porte, sans même s'en rendre compte, il se met à battre mentalement les secondes qui s'écoulent jusqu'à ce que le bouton d'appel de l'ascenseur s'allume, neuf, jusqu'à ce qu'il clignote un bref instant en arrivant au rez-de-chaussée, vingt-quatre, et sans doute la même chose dans l'autre sens, avant que Truchet apparaisse. Il ne l'a jamais vu. Ils ne se connaissent pas. Il ne sait pas ce qu'il va lui dire. Peut-être même est-il censé lui dire quelque chose de précis, mais il ignore quoi ; quelque chose qui serait lié aux circonstances mais il ne sait pas quoi ni s'ils parleront de la pluie, de l'hiver qui promet d'être rude, de la morte, ni ce qu'ils pourraient bien en dire, ou simplement des meubles et des tableaux qui sont là. Il observe le bouton d'appel, vert, qui brille tout seul sur le palier, et il se demande s'il a bien fait de ne toucher à rien ou s'il aurait dû, par exemple, retirer les draps qui recouvrent les meubles du salon. Il faudra bien les retirer et ouvrir aussi les autres volets.

Et puis il s'entend dire qu'il vient d'arriver, depuis peu précise-t-il, et qu'il n'a pas eu le temps, encore, de tout ouvrir ; il s'entend demander à l'autre s'il a trouvé facilement, c'est tellement mal indiqué en banlieue ; il s'entend bavarder, à propos du notaire qui a conseillé Truchet, comme si c'était un vieil ami de la famille, comme si lui-même le connaissait bien et depuis longtemps ; il s'entend dire qu'il va s'asseoir là, dans le bureau, c'est la pièce du fond, et qu'il n'y aura qu'à l'appeler, au besoin, qu'il ne veut pas gêner, et tout cela sur un ton très détaché, souriant ; il se voit prendre l'imperméable de Truchet et le ranger dans l'armoire du vestibule, pendant que l'autre le remercie et lui glisse une phrase qu'il n'écoute pas, où il est question de grand malheur et d'être désolé. Faites comme vous voudrez. Et il ferme derrière lui la porte du bureau encore obscur, étonné de son propre sang-froid et ne sachant toujours pas si c'est bien là son rôle et s'il l'a bien tenu, tremblant et prêt à s'effondrer pour la première fois de la journée, cherchant une respiration exagérément calme, regardant le bureau devant lui, le reconnaissant peu à peu et s'y dirigeant comme un somnambule, comme quelques heures plus tôt à travers le salon, actionnant l'interrupteur qui commande les volets déroulants, comme à l'aube avançant sur une corde tendue dans la brume.

Il s'assoit en différents endroits de la pièce : le fauteuil recouvert de tissu écossais, la banquette où il couchait quand il venait là, il y a si longtemps, qui est encore recouverte d'un couvre-lit en laine rouge réalisé au crochet dont il passait ses nuits à faire des moutons, et le siège du bureau lui-même, qu'il lui faut retirer de dessous le plan de travail, un siège sans dossier fait d'une assise de tracteur soudée à un pied télescopique et dont un petit coussin mou recouvert de toile de Jouy a fini par épouser la forme. Il s'assoit tour à tour sur les trois et de chacun voit les deux autres et la pièce, la fenêtre sur toute sa longueur et le sale temps dehors, les rayonnages de livres, les étagères de petites statuettes africaines qui furent ses soldats de plomb, les aquarelles d'un peintre algérois qu'il ne connaît pas représentant des natures mortes qui l'impressionnaient quand il dormait là, tant les fleurs avaient l'air sèches, tant le poisson sur la table faisait le mort. À chaque reprise il regarde vaguement autour de lui et tente, en même temps, d'écouter comment se passe, dans les autres pièces, l'inventaire conseillé par le notaire et l'assureur, mais Truchet ne fait pas de bruit.

Il revient sur la banquette et sent qu'il commence à s'habituer. Il a toujours le regard vague et l'âme un peu grise. Les vitres sont battues, toujours, par un grain qui ne faiblira pas. Il faudra bien s'y habituer.

Je me souviens des deux jours passés, au bord de la mer, avec Julien et les autres. Sur les toits de bunkers ensablés nous gravions à la pierre des insanités à l'adresse de soldats déjà morts. Nous étions le plus souvent ivres.

Quand j'avais le choix je préférais, de loin, la côte en hiver, la pluie fine, le ciel gris, léger et dégradé confondu avec la mer bien avant l'horizon, la mer, la mer comme un grand lavoir à cerveaux brassant et ressassant inlassablement dans un bruit de verre pilé toutes les pensées qu'on lui confie et qu'elle nous emporte, la mer comme un tambour lent de lessiveuse à idées noires, grise et plate vue de la côte, jusqu'autour de la terre.

On s'est promenés pendant deux jours ; on buvait du cidre en ville, et sur la plage on emportait des bouteilles de bière d'un litre, à bouchon en plastique ; on grimpait sur les bunkers et les embarcadères déserts, qui se dressaient au-dessus de l'eau, le regard droit sur l'horizon dissimulé par la bruine, se passant la main sur le visage balayé par le vent léger et la pluie qui glissait sur nos joues et nos barbes clairsemées de deux jours, rattrapant, la main pleine d'eau, le dernier bouton au col de l'imperméable qui toujours se dégrafe, se léchant les lèvres pour en faire couler des rigoles au goût amer et salé de bière et d'embruns mêlés, plissant les yeux sous les cils lourds de flotte comme si c'était du soleil, plissant les yeux, le regard sur l'horizon par-delà la brume, au loin, pour écouter le bruit puissant de gouttes d'eau, de grains de sable, pour écouter le rythme indifférent de la nature, déboutonnant son jean, pissant sur tout le paysage, le visage, les mains et le sexe dégoulinant de pluie, fouettés de pluie balancée par le vent au rythme des vagues, pissant perchés là-haut comme rajoutant sa goutte et se fondant, se coulant dans ce monde sans contrainte ouvert à l'infini du regard, ce monde liquide, agréable et froid, pendant deux jours.

C'était bon comme chaque fois que nous venions sur la côte en hiver. C'était bon à tout oublier et ça avait presque marché : le visage d'Éléonore peu à peu disparaissait à force de transparences, à force de lessives du ciel où les nuages n'empruntaient la forme de rien. Sur la digue, au-dessus des rochers ou au fond des plages de sable, les demeures du début du siècle et les manoirs transformés en maisons de retraite avaient pour la plupart, à leurs baies vitrées victoriennes, des volets clos et l'on pouvait imaginer, à l'intérieur, des colonies d'âmes en peine indolentes et silencieuses, de vieux écrivains perdant la mémoire regardant fixement la mer, des aristocrates sans héritage ne vivant plus que dans la cuisine, des princesses encore vierges, peut-être endormies, des princesses, les cheveux attachés en couronne sur une face trop pâle, les yeux perdus, la poitrine soulevée, haletante, dans une longue nuisette blanche qui leur tombait aux pieds, sans enfant, sans lait, n'ayant plus besoin d'écarter les voilages aux fenêtres de leur chambre, n'attendant rien, le regard gris. Au fond, derrière les plages, les petits murets de pierres, derrière les jardinets à l'anglaise, les stores baissés des baies vitrées, derrière les rideaux lourds élimés, les voilages aux étages, derrière les yeux des vieillards et des jeunes beautés muettes, des âmes depuis peut-être des siècles observaient l'horizon égal et nous observaient, nous, qui nous fondions dans le paysage rêvant d'être à leur place ou simplement les imaginant et pensant qu'on pourrait aussi les voir et se rencontrer ; mais nous étions seuls dehors à pisser dans la pluie, par ce temps seuls sur la côte en hiver. Et l'univers entier pouvait bien disparaître, tant qu'on nous laissait là.

Ce furent deux jours bénis, et j'oubliai la ville, j'oubliai Éléonore et son visage, sa main froide dans la nuit de notre promenade, j'oubliai son sourire et ce qu'elle m'avait dit de gentil ou de tendre et les moments passés au long du fleuve à s'asseoir tout près l'un de l'autre, jusqu'à sentir contre mon bras frémir le sien ; j'oubliai son rire quand elle m'avait écouté raconter, que sais-je, sûrement des bêtises, des choses légères lâchées dans un monde un peu triste où un soir nous avions été deux ; j'oubliai sa voix bien sûr, parce que l'oreille n'a pas de vraie mémoire, croyant ou voulant croire, pendant deux jours, que c'était possible, de tout oublier.

Peut-être qu'à un moment je me suis dit que je ne dirais jamais plus Je t'aime. Je me suis senti vidé, libéré. Cela me paraît absurde, lorsque j'y repense. Je crois que j'en crevais la bouche ouverte sous la pluie, sous le ciel à perte de vue jusqu'à la mer, j'en crevais comme un poisson débarqué sur la grève un jour de grande marée, Éléonore, de croire que je pouvais t'oublier. Je me souviens que le dimanche au matin cela m'a rattrapé.

Nous nous étions glissés dans les ruelles proches de la criée. Le parking qui servait de marché pendant la saison était inondé aux deux tiers, jusqu'au bord de la chaussée. De vieux chalutiers défraîchis semblaient avoir accosté une mare. Leur tôle rezinguée, leur peinture griffée par plaques entières, les chaînes immenses aux maillons gros comme le poing qu'ils laissaient traîner jusqu'aux champignons de fonte des bittes d'amarrage, les engrenages de leurs treuils antiques, le délabrement des cabines faisaient penser au naufrage de quelque monstre mécanique, ruine de l'âge de l'acier, plus solide que des pyramides. La ville alentour, endormie ou bien morte, attendait que sonnât le réveil des cloches. Seules quelques bonnes femmes vieilles en pardessus de laine, la tête encapuchonnée d'un foulard sombre, passaient sans bruit près des murs, toujours au loin, tournant l'angle d'une rue, disparaissant sous une porte cochère, dans ce décor dérivant à l'odeur de marée.

Nous étions vaguement saouls de la mauvaise bière blonde à bulles fines, emportée la veille à l'abri d'un bunker où nous avions passé la nuit sous d'anciennes couvertures. L'horizon avait disparu. Seule l'écume, brillante à la lune, d'une vague plus haute, indiquait que la mer s'étendait encore, dans une flaque d'obscurité que le regard n'avait pas pénétrée, plus loin. Derrière les rochers, au sud, que découpait parfois un scintillement furtif de l'eau, un phare lançait vers l'Amérique un halo qui ne l'atteindrait jamais. Puis l'aube était revenue, dans notre dos, et le monde était de nouveau là. Nous avons décampé vers la ville. C'est alors que cela m'a rattrapé, que j'ai repensé à elle.

Nous sommes entrés dans un bistrot, qui tenait plus de l'auberge rustique. Un couple de touristes allemands attablés discutait à voix basse, et se tut tout à fait en nous voyant. Ils devaient loger là. Julien se chargea des commandes : pour tout le monde, café noir, double, serré, dans une petite tasse, pain, beurre, marmelade, ou confiture maison puisque assurément ce devait être bien meilleur, pas de croissant mais une crêpe au sucre, et un pot de crème, de quoi en faire fondre doucement, au bain-marie, des cuillerées dans le café ; il nous offrait notre dernier déjeuner avant de reprendre la route ; le couple se remit à bavarder. Et je suis descendu aux toilettes, par un escalier en colimaçon, derrière le bar du côté de la caisse, dégringolant le long d'une cascade de marches trop hautes, plaquées d'un marbre aggloméré blanc et rose, comme dans un rêve.

Les murs des toilettes proprement dites étaient recouverts des mêmes panneaux, de forme carrée cette fois, jusqu'à hauteur d'homme. Un placard publicitaire, entre la chasse et la cuvette, reflétait certains de mes traits, masse noire de cheveux, regard cerné, l'arête du nez, la bouche quand je l'ouvrais, en surimpression d'une photo saturée, très bleue, qui vantait une marque de cigarettes. Autour, des inscriptions plus ou moins effacées au marqueur, à la pointe du couteau, de simples signatures, des dates, des citations en anglais, sans guillemets, des défis, des prophéties, des promesses, des provocations, des menaces, des dessins même et des numéros de téléphone. J'avais la tête lourde, le front douloureux lorsque je haussais les sourcils. Me penchant vers la publicité sous verre pour vérifier le teint de mes yeux, la couleur de ma langue épaisse, je posai ma main sur le mur à côté d'elle, en équilibre arc-bouté au-dessus de la cuvette comme si j'avais pu y tomber. Sur le marbre à gauche de l'affichette, mangeant en partie un graffiti semblable aux autres, non pas effacé mais légèrement étalé, écrasé vers le bas, formant un rond irrégulier, je remarquai des lèvres comme dessinées au pochoir, d'un rouge brique tirant vers le brun, des lèvres très belles que de plus loin je n'avais pas remarquées ou que j'avais prises pour une tache, des lèvres de femme plaquées là sur le marbre des toilettes pour hommes. Dans la partie qui avait été estompée je posai mon index, pour en vérifier la texture. Puis je frottai machinalement cette pâte fine et sèche contre mon pouce, la réchauffai, en réveillai l'élasticité grasse, la portai à ma langue, la bouche à peine ouverte, juste sur le bout de ma langue, mais ça n'avait aucun goût. Je m'approchai de nouveau, me penchai vers elle. Je détaillai les deux arcs ronds, presque parfaits, l'irisation qui en compliquait le bord supérieur.

Je fermai les yeux.

Je pensai à Éléonore.

Je plaquai ma bouche sur les lèvres, sur le marbre. Je faisais de petits mouvements avec la tête pour m'y frotter, l'étaler, la dissoudre. C'était froid. Je rouvris les yeux pour constater que l'image de ces lèvres était devenue celle, brouillée, d'un baiser. Je lui donnai des coups de langue, collée, aplatie contre le marbre qui n'avait aucun goût, que celui du froid, entre la chasse et la cuvette des toilettes pour hommes, à maculer cette bouche de femme, pouvoir lui faire l'amour.

J'y repense et je revois, de façon très nette, la couleur des murs, la douleur que j'avais alors à la tête et au ventre. Je me dis que ce n'est peut-être qu'à cet instant que je suis vraiment, définitivement, tombé amoureux d'elle.

Dehors il pleut, d'une pluie de chien, d'un temps de cochon qui s'est répandu sur le pays depuis des semaines, qui n'en finit pas, qui n'en finira plus, pendant tout l'hiver ou pendant des années. Dehors le vent ne parvient plus à nettoyer le ciel, et les orages ne lavent rien. Dehors il n'y a plus, sous les nuages bas et nombreux, qu'une terre gorgée de flotte, une boue grasse. Cela produit un chuintement, un frôlement continu comme des grains brassés se déversant sous la roue d'un terrible moulin, auquel il s'habitue péniblement, capable peu à peu de ne plus y faire attention et de penser à autre chose.

Il est assis sur la banquette où jadis, enfant, il avait passé des nuits à tripoter le couvre-lit pour en faire des moutons qu'il se fourrait ensuite dans la bouche ou dans le nez, parce que sa mère lui manquait. Il n'entend plus la pluie ou ne prête plus attention à son inlassable vacarme. Il est assis sur le lit bas et étroit de l'enfant qu'il fut, serrant la main, comme retrouvant quelque réflexe immémorial, sur la laine douce et chaude du couvre-lit rouge, parce que sa mère lui manque. Il sent qu'il va pleurer, que ce n'est pas grave, il pense que cela lui fera du bien. Il n'entend plus la pluie, parce qu'il écoute le sang qui gonfle ses tempes et lui fait mal au crâne, cette migraine sourde des pleurs qui ne le quitte plus, à laquelle il commence à s'habituer. Et dans sa tête le sang cogne et produit des images qu'il ne peut chasser. Il est assis, juste au bord de répandre une violence de larmes qui ne le calmera pas, n'écoutant plus, fermant les yeux, ne parvenant soudain plus à penser, rêvant, tentant seulement de chasser une image par une autre, qui se succèdent de plus en plus vite, voyant défiler de plus en plus vite des scènes de ces dernières semaines, fronçant les yeux le plus fort qu'il peut mais n'y pouvant rien, juste au bord de s'arrêter sur une de ces visions qui déclenchera, enfin, la crise de sanglots qui ne suffira pas à l'évacuer, celle de l'enterrement par exemple.

La tempête avait déjà passé sur le pays et la première chose qu'il voit c'est, autour du cimetière, les pins brisés à mi-hauteur dépassant çà et là du carnage, mâts d'un navire éventré envahi par les algues, commençant à pourrir sous la pluie, à s'effilocher à la manière d'une mauvaise liane, leurs sommets parfois encore en équilibre n'en finissant pas de se détacher, de rompre les derniers liens d'écorces ou de branches qui les suspendaient absurdement en l'air, tels des malades sous perfusion.

Il est assis sur la banquette, sur son lit d'enfant, et il pleure, il pleure comme un môme qui ne comprend pas pourquoi l'on pleure et comme un homme qui sait que ça ne sert à rien.

Il y a la forêt de pins dévastée, à l'horizon du cimetière dont certaines croix n'ont pas encore été redressées, la forêt de pins dont, peut-être, on fera des cercueils ou des allumettes. Il y a son cercueil à elle, la veille, à la maison. Il l'avait fait fermer, n'avait pas voulu la voir. Pourtant, quelques jours plus tôt il avait apporté, à l'hôpital, sa plus belle robe, la verte, une robe simple, chasuble, verte avec des fleurs imprimées noires, des fleurs croit-il ; il l'avait apportée à l'hôpital avec des escarpins qu'il avait retrouvés et qui ne lui allaient sans doute plus, avec son alliance et un collier de perles, ne sachant même pas si c'était des perles sauvages ou de culture, le tout dans un sac de sport qu'il avait oublié là-bas, sur une table, pendant qu'il attendait. Les gens n'étaient ni gentils ni méchants, ils faisaient leur travail et apparemment il y en avait à abattre, c'est le cas de le dire, les gens n'étaient pas désagréables mais ils ne faisaient pas beaucoup attention à lui. Ils passaient, en blouse, verte ou blanche, cela devait correspondre à des services différents ou à des grades peut-être, comme dans les usines, ils passaient et ne disaient pas bonjour, mais ne lui en voulaient pas non plus d'être là, de prendre de la place. Puis on était venu le chercher, pour lui montrer, pour savoir sans doute s'il était satisfait de la tête qu'on lui avait arrangée, peignée, de la robe qu'on lui avait mise, les mains bien droites le long du corps, les ongles manucurés, pour savoir sans doute s'il trouvait que c'était bien ainsi, si cela suffisait. Derrière tout ce théâtre il y avait, savait-il, une infirmière, une aide-soignante, un stagiaire peut-être, qui avait simplement cherché à bien faire son boulot. Il avait laissé l'adresse des pompes funèbres au village où l'enterrement allait avoir lieu, il la connaissait parce que le type était aussi taxi et ambulancier. Il y avait la robe verte, le collier. Le cou-de-pied se boursouflait un peu au-dessus des escarpins. On aurait dit, vraiment, qu'on pouvait mourir en souffrant, et reposer en paix.

Il revoit le cimetière, et les pins éventrés, la tombe à la croix noire, à la pierre bizarrement sculptée selon un tableau de Mondrian, que son grand-père avait fait réaliser ainsi pour y planter des pissenlits dans les endroits où la peinture était jaune ; comme cela, lui avait-il écrit il y a longtemps, ce sera un endroit gai où nous pourrons bavarder, où tu prendras plaisir à venir me voir. Mais il revoit la pluie battante et les arbres morts, les allées jonchées de flaques noires, les parapluies et les chapeaux luisants, oscillant sous l'averse, sous le coup du chagrin ou de la fatigue, hoquetant au rythme de sanglots inaudibles, les chapeaux luisants dégoulinant se balançant au rythme des prières, de droite et de gauche, hochant, se faisant des signes, se reconnaissant, comptant les membres épars d'une famille dans le deuil, s'approchant de la fosse, murmurant quelque chose qu'ils avaient envie de s'entendre dire, lâchant sur les derniers mots une rose ou une poignée de terre et s'essuyant rapidement la main, formant un petit cortège de chapeaux brillants, déformés, s'approchant lentement de lui et se relevant soudain, lui serrant la main, découvrant des faces qu'il ne reconnaissait pas toujours.

Il est assis sur la banquette où il dormait jadis, le mardi, le vendredi soir, quand sa mère n'était pas là, et de toutes ses forces il serre dans son poing d'homme le couvre-lit de laine qu'il tripotait enfant et qui le rassurait, le couvre-lit ridiculement petit que sa grand-mère avait tricoté, si doux, si chaud qu'il finissait par s'endormir. Il pleure enfin comme il pleuvait là-bas le jour de l'enterrement. Il pleure comme il pleut encore, sur tout le pays, pour des années peut-être.

Sur le chemin du retour on conduisait trop vite, enfin, Julien puisque c'était sa voiture. Je pensais à la mort, je crois que c'était à la mienne, mais je n'étais pas triste, simplement je nous imaginais nous mettant à glisser pendant des secondes interminables, soulevant dans la lumière des phares les gouttelettes cristallines, aveuglantes, d'une gerbe d'eau qui noierait le pare-brise et le paysage et ferait s'écrasant en nappes des halos plus clairs que le brouillard autour et plus de bruit que la gomme lisse et noire des pneus patinant dans le vide, la voiture tournant et retournant sur elle-même, emportée par sa vitesse, j'imaginais que personne ne crierait, trop occupés que nous serions à ouvrir les yeux, si près de la fin, plus grands qu'aucune bouche ne pourrait s'ouvrir, jusqu'au choc avec la rambarde de sécurité et le crépitement des étincelles submergeant brusquement celui de l'eau, j'imaginais que je pourrais m'encastrer alors très profondément dans la tôle déformée et ressentir, un bref instant, la douleur muette de milliers d'éclats de verre et d'acier pénétrant mon corps avant qu'il meure.

Pourtant il ne s'est rien passé. Je n'ai même pas eu peur. La mort c'est quelque chose à quoi je pense toujours, en voiture. Mais je crois que c'était la première fois.

Julien nous a tous déposés chez nous, parce qu'il pleuvait dur, de cette pluie qu'on a en ville, sale et froide et qui peut durer des jours sans qu'entre les immeubles on n'aperçoive un coin de ciel. Depuis des semaines cette pluie s'était installée sur tout le pays qu'elle menaçait de faire sombrer comme un gros canot trop lourd. En entrant dans ma rue il n'y avait plus que nous deux dans la voiture, et Julien m'a dit que mes voisines avaient l'air sympathiques et que je devrais organiser des soirées plus souvent, mais ce n'était pas une fille de l'immeuble qui était assise devant ma porte, c'était Éléonore. J'ai quitté Jules en souriant et je me suis approché d'elle. Elle regardait par terre. Elle ne m'avait pas vu.

Elle était assise sur le seuil, sur la pierre grise devant la porte, en bas de chez moi. J'ai attendu que la voiture ait disparu pour monter sur le trottoir.

Elle avait la tête baissée, entre ses genoux, ses mains jouant l'une avec l'autre à se tordre les doigts, peut-être pour les réchauffer. Elle avait les cheveux mouillés, plus raides que la dernière fois, plus noirs aussi, et l'on ne voyait pas ses yeux. Assise, pensant à je ne savais quoi de gai ou de triste, peut-être fatiguée, peut-être là depuis longtemps, en bas de chez moi ; assise rêvant sûrement à quelque chose, peut-être rassemblant un vieux souvenir de moi en se frictionnant les mains froides ; assise le cul par terre, les genoux relevés, les pieds en dedans, le regard dissimulé par une frange de cheveux noirs luisants tel un velours, cachant ses yeux ainsi, ses pensées, ses rêves et ses raisons d'être là, depuis longtemps peut-être. Belle et fragile comme un papillon étrange que je tentais d'approcher sans faire de bruit, pour ne pas l'effrayer.

Je ne savais pas, lorsqu'elle lèverait la tête, me tenant devant elle, quand elle me regarderait, ni ce que j'allais dire, ni ce qu'elle allait faire ; je ne savais même pas pourquoi elle était là.

J'ai proposé qu'on boive un verre, mais elle a dit qu'elle irait chez moi, cette fois a-t-elle dit, et que je lui devais bien ça depuis le temps qu'elle m'attendait. Comme elle était derrière moi dans l'escalier étroit des chambres de service, jusqu'au sixième étage, on n'a plus parlé avant d'y être, et même sur le palier j'ai remarqué qu'elle m'observait sans rien dire pendant que je cherchais ma clé, alors on n'a fait que se sourire, comme si nous étions gênés, mais c'était vrai qu'on se connaissait à peine. C'était la deuxième fois qu'on se voyait. Je n'avais pas réussi à l'oublier, simplement je n'y croyais plus, et je ne savais trop que lui dire. Je lui en voulais un peu, sans doute, de ne pas m'avoir retrouvé avant, et pourtant j'étais heureux je crois, mais je ne comprenais pas bien pourquoi ce jour-là elle était réapparue. On est entrés dans ma chambre en mansarde sans rien dire, et j'ai mis un peu d'ordre pendant qu'elle s'installait.

C'était la deuxième fois qu'on se voyait et j'avais presque réussi à l'oublier, à force de semaines qui passaient éloignant de moi le souvenir de son baiser, à force de deux jours de mer, et c'était donc la deuxième fois seulement, au début de cet hiver froid et gris, que me revenaient comme un vent chaud son sourire bien qu'un peu triste, ses yeux ronds les paupières à demi closes sous le poids des cils, ses yeux sombres, ses cheveux de velours ou de tissus plus légers et plus rêches, du lin mouillé, de la soie. C'était la deuxième fois que je tombais amoureux d'elle.

Elle était assise sur la banquette qui me servait de lit quand je prenais le temps de la déplier, ce qui n'arrivait pas si souvent. En face de la table à tréteaux que je débarrassai rapidement, emportant tout dans la cuisine et l'empilant à la hâte, verres, bouteilles vides, une assiette et plusieurs paires de couverts dont plus de fourchettes que de couteaux, boîtes de thon aux aromates et de maquereaux au vin blanc, vieux bouts de pain et biscottes en miettes, tout, même les journaux que je n'avais pas lus, un peu dans l'évier, un peu sur les plaques électriques, beaucoup dans la poubelle. Et sans lui demander ce qu'elle voulait boire je tirai du Frigidaire un petit chablis sans étiquette que Julien m'avait rapporté des environs de Sens, et du placard deux verres, posant le tout par terre devant elle, n'osant pas m'asseoir à ses côtés sur la banquette, tirant donc une chaise et m'asseyant dessus lui faisant face, saisissant la bouteille et y vissant le tire-bouchon, espérant que mon petit ménage avait suffi, que la pièce n'était pas trop sale, me relevant pour ouvrir la fenêtre et planter à côté, dans le pot du ficus un peu dégarni, un bâtonnet d'encens au bois de santal ou de cèdre, m'accroupissant de nouveau pour remplir nos deux verres et lui tendant le sien, me courbant, un peu ridicule, entre le sol et la chaise, osant enfin la regarder en face et espérant qu'elle se déciderait à parler avant moi, réfléchissant soudain que j'avais oublié la musique. Décidément je n'y croyais pas encore, ou je ne comprenais pas ce qu'elle venait faire là. Même amoureux je n'avais jamais été si timide.

Elle était assise, très simplement, posée sur la banquette qui me servait de lit comme une apparition prête à s'envoler, et moi, assis devant elle, plus penché qu'elle sur ma chaise de jardin pliante en bois peint, penché vers elle la regardant dans les yeux ne sachant dire quoi. Observant son regard ourlé des taches que la pluie avait faites à son fard, cherchant au fond de ses pupilles la certitude qu'elle n'allait pas disparaître à nouveau, interrogeant le bord de ses cils, scrutant les rigoles accusées par la pluie aux limites de ses paupières, guettant le moyen de nous faire un lien de ce regard, questionnant le sien, pour qu'elle ne puisse plus partir ; et puis, peu à peu, déchiffrant ses sourcils fins, son front où perlaient ses cheveux de soie mouillée, fouillant sous les boucles de ses tempes la naissance de ses oreilles blanches, le toboggan lisse et légèrement creux de ses joues, découvrant sa bouche comme une première fois, comme à travers une loupe, sa bouche et les quelques rides d'éventail qu'elle avait déjà à la lèvre supérieure, calculant, pronostiquant, devançant d'un clin d'œil le pli des commissures quand elle sourit, enfin ; et toujours revenant, profitant d'un battement de cils, vers son regard, tendu sur un abîme comme une corde raide, l'observant comme un funambule, ainsi, peut-être pour la première fois, oubliant qu'il fallait parler du monde ou de nos vies ou de sa raison d'être là, progressant pendant des minutes de millimètre en millimètre, me penchant vers elle et son visage, de plus en plus près du mien, elle qui ne bougeait pas et se contentait de sourire, avançant donc avec une lenteur d'horloge, mesurant mes progrès aux détails nouveaux que j'apercevais : des cils collés, amalgamés par un petit caillot de mascara, à peine un grain et pourtant infiniment plus qu'une poussière, une scorie sur un vase dont son regard était la fleur buvant à son âme et s'ouvrant vers moi ; m'arrêtant donc, de millimètre en millimètre, à de nouveaux défauts dans le grain de sa peau, à des ridules se dédoublant en réseaux fins et serrés autour des plis aux coins des lèvres, aux coins des yeux ; les plis sur les paupières où s'était accumulé le fard ; les plis au creux des narines, qui servent à sourire, les plis sous les yeux, sous le fond de teint léger, comme une pelure marouflée sur du bois ; les plis sur les lèvres que le rouge avait fuies, plus pâles au centre, où elles se rencontraient ; me penchant et m'approchant d'elle découvrant un monde comme, au cœur d'une forêt, on s'arrête au dessin d'une écorce et à ses ramifications infinies, glissant de millimètre en millimètre sur la corde tendue par nos regards au-dessus du vide qui nous séparait et ne voyant, après des minutes entières, ne voyant soudain plus que ses yeux, ses larges yeux ouverts, encore mouillés, tachés de fard brouillé par la pluie ; fermant alors les miens mes lèvres effleurant sa bouche, l'embrassant comme pour la première fois, cessant de voir, me posant légèrement sur ses lèvres comme n'osant les écraser, et puis les prenant, l'une après l'autre, entre les miennes mesurant leur douceur et leur fragilité, fermant les yeux au moment où sa bouche, aussi, se mit à bouger contre la mienne se caressant, se frôlant parfois et parfois cherchant à s'attraper comme des aveugles se prenant dans les bras, évitant de se cogner comme si des lèvres pouvaient se faire mal, et se serrant plus fort comme pour ne plus se perdre, s'embrassant comme pour la première fois.

M. Truchet a fini par l'appeler. Le temps de se frotter une dernière fois les yeux, de froncer les sourcils. Il est assis sur la banquette. Il regarde entrer dans la pièce, comme si la porte était très loin de lui, M. Truchet, d'un œil fixe. Celui-ci n'y prête pas attention, observant les murs, les tableaux qui y sont suspendus par des crochets X, détaillant les meubles, il prend des notes sur un porte-documents qu'il tient à plat sur son avant-bras gauche, calé au coude, sort parfois de sa poche une petite calculatrice qu'il pose sur le porte-documents, tapotant dessus, la refermant et la remettant dans sa veste, rajoute d'autres notations, rajuste parfois ses lunettes de presbyte, des demi-lunes semblables à celles des présentateurs culturels de la télévision, fronce les sourcils, se déplace d'un pied sur l'autre, très lentement, ne prête pas attention au regard morne et lointain qui le suit, depuis la banquette à quelques mètres de lui à peine, ne remarque pas les yeux rougis et embués qui le suivent sans intention ni intérêt.

– Je crois que j'en ai terminé. Vous avez là quelques très belles pièces.

– Vous croyez ?

– Oui. Enfin, il me reste quelques vérifications à faire, en ce qui concerne les cotes précises. Je ne connais pas tous les peintres. Je ne les connais pas tous.

– Et… comment cela va-t-il se passer ? Je veux dire : vous m'enverrez une liste, quelque chose d'officiel ?

– Oui, oui, bien sûr. À vous, et à maître Richard, qui s'occupera de tout, je pense, pour ce qui concerne la succession et les assurances.

– Ainsi ce n'est pas grave si je ne retrouve pas tous les originaux des ventes…

– Non, ne vous en faites pas pour ça. L'inventaire que j'ai fait permettra de remettre tout à plat. Tout cela sera bien en règle. Ne vous inquiétez pas pour ça.

– Bon. Eh bien… je vous remercie… Vous voulez peut-être boire quelque chose ? Un café ?

– Non. Non, non… Je ne vais pas vous déranger plus longtemps. D'ailleurs, je dois partir bientôt :

j'ai une saisie qui m'attend, dans la ville nouvelle. C'est la partie ingrate du métier, vous savez. Et puis les gens ne comprennent pas. Vous n'imaginez pas comme ils vous reçoivent…

– Oui, j'imagine.

– En tout cas ne vous en faites pas pour le café.

– Bon.

– Pour le café ni pour le reste, d'ailleurs. Vous êtes en de bonnes mains. Je connais bien maître Richard. Il s'occupera de tout. Vous n'avez pas à vous en faire.

– Alors…

La porte refermée, il marque un temps d'arrêt avant de se retourner, observant, par le judas, l'autre qui rajuste son chapeau et ferme son imperméable en attendant l'ascenseur, vérifie pour la dixième fois que sa serviette en veau est bien fermée, s'assure sans doute qu'il n'a rien oublié, fixe, immobile, le voyant vert d'appel qui clignote pendant vingt-quatre secondes si l'ascenseur est de nouveau au rez-de-chaussée, puis s'engouffre dedans quand il s'ouvre. Dehors la tempête fait rage, depuis des semaines, et par flemme, par nostalgie, par curiosité, par envie de solitude, de silence, de calme, il décide de demeurer un peu dans l'appartement ; il pense qu'il n'a rien de meilleur à faire, même s'il n'a presque plus rien à y faire.

Au bout du corridor de l'entrée, la double porte vitrée, ouverte sur l'enfilade des deux salons, laisse apparaître les meubles tout à l'heure recouverts de draps pliés à présent sur l'un des fauteuils, et cela donne à la pièce un air moins triste que lorsque ce matin il l'avait redécouverte, pour la première fois depuis des années, dans cet état de désertion. La lumière est plus forte, quoique toujours grise, et il semble que malgré la pluie qui s'acharne, malgré la douleur égale et lancinante tapie depuis des jours sous son front, malgré les photos de souvenirs doux-amers qui lui échappent, le temps continue son cours.

Un instant il contemple, devant lui, l'ouverture de l'entrée sur l'appartement où les choses continuent donc à vivre sans les gens qui les ont placées là. C'est ce qu'il se dit, ou c'est peut-être ce à quoi il pense : que tout le monde est mort à présent, sauf lui, et qu'il est étrange que ces objets, que tout l'appartement soient encore là, étrange que l'immeuble, le parc, la ville elle-même soient encore là, cette sale petite ville de banlieue qui n'avait jamais vraiment existé, pour lui, sinon pour être l'endroit où vivait encore sa mère. Et il se sent, à ce moment, semblable à l'appartement. Inutile. Incongru. Il se dit qu'il n'est que souvenirs. Refusant obstinément de disparaître. Absurdement. Il sent qu'il n'est plus, à cet instant, qu'un amas de souvenirs doux-amers, comme des photos lorsque ont disparu les modèles, et un vertige le prend.

Dans la cuisine il ouvre la fenêtre en grand, pour que le froid le gifle et le réveille de ses pensées. Sur la cuisinière une cafetière italienne émet un sifflement régulier, léger, qui a du mal à rivaliser avec le crépitement de l'averse. Il a mis du temps à retrouver la boîte métallique dans laquelle elle conservait le café pour qu'il ne s'évente pas. Elle buvait plutôt du thé, en grandes quantités, au cours de cérémonies biquotidiennes qui lui étaient une sorte de grand plaisir, de détente attentionnée et grave. Se faire un café, c'est une idée qui lui est venue comme ça, pour ne pas rester planté là, peut-être aussi parce qu'il l'avait proposé sans y penser au bonhomme qui était venu faire l'inventaire, M. Truchet, huissier de justice, sur les conseils du notaire de province, celui de la famille dont ne reste plus que lui.

C'était à cause des tableaux, surtout, qu'il avait fallu dresser un inventaire. Le notaire l'avait prévenu que cela finirait par lui coûter cher, et qu'il faudrait sans doute vendre pas mal de choses, pour les frais de succession comme il disait, à commencer par l'appartement, mais le marché en ville n'était pas très propice avait-il remarqué ; cela allait probablement repartir, c'est ce qu'il avait lu dans une revue spécialisée, mais, disait le notaire, cela prendrait du temps, et enfin même si l'on obtenait des délais de l'administration fiscale il faudrait sans doute vendre, pas mal de choses, sans en retirer grand-chose, c'est ce qu'il prédisait promettant qu'il appellerait d'anciens amis de la faculté de droit, dont l'un était devenu commissaire-priseur, pour voir si l'on ne pouvait pas organiser une vente aux enchères, ce genre de choses, et bref il était bien possible que tout finît par disparaître, sauf lui, qu'on lui reprît jusqu'aux souvenirs, les objets, les peintures, les meubles, l'appartement, et qu'il ne resterait peut-être plus que lui, mais qu'il fallait rester fort, justement, tout le monde le lui répétait, qu'il fallait rester fort, même le notaire le disait, et que la vie continuait, pour lui mais pour lui seul, cela il fallait l'entendre pour le croire.

Sur l'allée, étroite vue de si haut, qui rejoint la route de ce côté de l'immeuble s'éloigne le petit homme en chapeau qui ferait de son mieux, vers sa voiture, silencieux, sans un regard. De l'autre côté de la voie on distingue les bâtiments administratifs d'un collège en brique rouge, qui pourrait en Angleterre avoir un air victorien. Il est fermé depuis quelques jours, parce qu'un arbre et un panneau de basket ont été balayés par le vent, sectionnés et projetés contre le gymnase où, heureusement, il n'y avait personne, d'après les journaux du soir. Plus loin, les salles de classe éteintes sont devenues invisibles. Quelques enfants s'aventurent jusqu'à la route, mais ce ne sont pas des élèves. Il y a, derrière la prairie et la piste de course à pied, un dernier immeuble, plus sombre, qui appartient à l'Assistance publique, un foyer où ils passent de quelques semaines à quelques années, en attente d'un placement, c'est comme cela qu'on dit, dans une famille d'accueil. Ceux-là n'ont pas eu peur de la tempête. Parfois il semble que l'un d'eux lève vers les arbres et les bâtiments encore debout un regard furieux, planté dans une tête ronde qui, vue de la cuisine, n'est pas plus grosse qu'un soufre d'allumette, une petite tête d'enfant sauvage qui rêve peut-être de s'embraser, et tout ce qu'il y a autour, d'achever le désastre.

La voiture de l'huissier s'éloigne lentement.

Un des enfants la suit des yeux, songe à lui jeter une pierre, un bout de bois pourri, un marron, ou qu'on puisse la faire exploser rien qu'en y pensant fort.

Lorsqu'il était gamin lui-même, il se souvient qu'il croyait à ce genre de choses. Il était un petit dieu. Il pouvait tout faire. Voler, par exemple, en nageant la brasse comme dans ses rêves, naviguant entre les draps mis à sécher sur des cordes qui traversaient sa chambre, pendant des nuits entières, de là passer dans le salon, glisser comme un souffle derrière les rideaux de lin, rester immobile tandis que se rapprochait, lentement, régulièrement, le ronflement de l'homme qu'il allait abattre d'un coup de fourchette en plein cœur, et dont le corps se disperserait en cendres qu'on ne retrouverait pas au matin, lorsqu'il pénétrerait dans la chambre de sa mère et s'assiérait au pied de son lit pour la regarder dormir.

Ce rêve il l'avait fait mille fois peut-être, nuit après nuit, pendant des années. Il ne le fera plus. D'ailleurs il ne rêve plus.

À la fenêtre, contemplant le désastre de la tempête qui se poursuit, il allume une cigarette, la première de la journée, en écoutant chuchoter la cafetière. Bientôt l'eau se mettra à chanter. Il faudra éteindre le gaz.

Le matin je m'étais réveillé avant elle. Une fois déplié, le lit occupait une bonne partie de la pièce, et il avait fallu pousser contre la table les chaises et la bouteille vide, les deux verres et le sac en Cellophane rempli d'épluchures et de noyaux de lychees, nos vêtements froissés, mélangés, sa veste reposant, dépliée, sur le bureau où on l'avait mise à sécher, nos chaussures renversées, semelles en l'air ou de côté, chaussettes par-dessus roulées, tire-bouchonnées, mon pantalon idiot une jambe à l'envers et la ceinture à moitié en allée, tout ce fatras formant donc un monticule disparate et chamarré occupant, avec le lit déplié, plus de la moitié de la pièce, qui, ainsi, avait un air à la fois de désordre et de calme. À nos pieds demeurait la table basse, avec le cendrier et le téléphone décroché. En se concentrant et lorsqu'il n'y avait pas de voiture dans la rue, on pouvait entendre, dans le lointain, la pulsation régulière de sa sonnerie occupée. L'ampli et le tourne-disque étaient encore allumés, parce que j'oubliais toujours de les éteindre en m'endormant, particulièrement ce soir-là où je n'y avais même pas pensé. Par la fenêtre, ce matin-là, un peu de soleil était arrivé de biais, c'était peut-être cela qui m'avait réveillé : la lumière inattendue d'une éclaircie venant frapper l'angle de la table et la petite montagne de fringues abandonnées là, après des jours et des jours de pluie le soleil parvenant, pendant un petit moment, à se frayer un chemin jusqu'à nous, à travers la couche de nuages qui plombait la ville, les écartant sur un bout de ciel et les frangeant d'une couleur d'argent clair, choisissant d'opérer cette trouée, cette brèche, au moment qu'il passait au-dessus de l'immeuble d'en face, plus haut que le mien, sapant les défenses des nuages pile au-dessus du boulevard, car la journée était déjà avancée, pile à l'endroit où il pouvait encore nous voir et venant nous chercher, profitant de mes stores déglingués, venant poser sa coulée d'or dans ma chambre sous les toits, sur le coin de la table et à ses pieds où nous avions laissé la veille nos peaux d'habits, le soleil débarquant ce matin-là dans notre désordre paisible pour me réveiller, atterrissant dans ma chambre comme une libellule sur la rosée d'un pré. C'était un de ces moments non pas magiques, mais que j'avais pris pour un signe, ne serait-ce que de mon état, et je tombai éperdument amoureux d'elle.

Éléonore était couchée, le corps lourd, à côté de moi, dans mon lit où nous avions achevé de nous déshabiller. À mes pieds je jouais, sous les draps, avec un bout de tissu rêche qui devait être mon caleçon. Ses cheveux paraissaient plus raides et plus épais, peut-être plus gras que la veille, un peu emmêlés, quelques mèches se détachaient, plaquées sur son visage, épousant la forme de son front, de ses pommettes, comme de la ficelle mouillée étrangement noire qui serait venue sécher là, des algues fines qui lui faisaient une chevelure de sirène. Ses yeux clos auréolés de gris, de nervures noires aux plis de la paupière, retenaient des lambeaux de nuit. J'effleurais, du bout des doigts, son épaule, sa peau. Je me demandais comment, la veille, j'avais pu croire l'étreindre et la caresser d'une main pleine, m'en saisir ; comment j'avais pu croire la posséder entière, m'y agripper, m'y attacher ; comment était possible que j'eusse cru pouvoir y pénétrer, m'en pénétrer, m'y glisser, dans cette peau comme dans de la terre glaise alors qu'elle me semblait, ce matin, d'une infranchissable fragilité de verre ou de glace. N'avais-je pas rêvé ? Mais le chaos de la pièce, le soleil entré là comme par effraction, ses yeux maculés de nuit. Mais le téléphone décroché, la langueur de ses muscles, la dentelle de ses cheveux collés en désordre sur son visage. Je contemplais ce moment en me murmurant que peut-être il finirait par passer. D'ailleurs cela s'est senti, sans doute, et dans mon frôlement j'ai dû déraper ou accrocher un invisible cheveu, parce qu'elle s'est réveillée. Je crois que c'est un instant que je redoutais un peu.

Mais elle m'a souri. Je ne pouvais pas prétendre, sérieusement, que le monde était si moche. J'oubliai tout. Je redevins idiot. Je retombai amoureux d'elle.

On s'est promenés, car elle avait du temps, c'est ce qu'elle disait et je me demandais ce qu'elle pouvait bien faire dans la vie mais je ne lui posai pas la question, parce qu'il y avait, dans ces années-là, beaucoup de tristes raisons d'avoir du temps à soi. Et puis il y avait eu cette éclaircie inattendue, miraculeuse, au matin quand nous nous étions éveillés dans ma chambre, ce bout de ciel, cette lumière pâle et aveuglante, sur les trottoirs mouillés depuis des semaines, dans l'air froid du début de l'hiver, cette éclaircie faisait irrésistiblement penser à un dimanche, à un jour où il n'y a rien de mieux à faire que se promener juste pour prendre l'air. J'habitais, près du fleuve, un quartier de jolies filles et de touristes, où il faisait bon marcher.

Du pont le plus proche, penchés sur le parapet,

nous avons reconnu l'endroit où, quelques semaines auparavant, nous avions passé notre première nuit, presque entièrement, à se blottir l'un contre l'autre. Le quai, sous les eaux depuis deux semaines, avait disparu mais le banc où nous nous étions assis était sous un réverbère dont le sommet émergeait encore, parmi des branchages incongrus qui allaient bientôt commencer à pourrir. Et j'ai pensé que peut-être, si j'avais su alors la retenir, pendant cette première nuit, la crue aurait bien pu nous surprendre là.

Autour de nous les immeubles impassibles défiaient le ciel depuis deux siècles déjà et leur pierre, noircie par l'imprévisible révolution automobile, retrouvait par endroits une blancheur suspecte, fruit de ravalements censés lui redonner son éclat d'autrefois, contre l'instinct et le bon sens, réfléchissait Éléonore, contre le bon sens qui voudrait qu'autrefois, justement, fût vieux et sale. Elle disait que ces immeubles ressemblaient à des rééditions pour touristes de tôles émaillées ou d'affiches vantant les mérites d'une absinthe ou du cirage Éclipse.

Dans les rues il y avait plein de gens comme nous, je veux dire qui se promenaient, comme nous. Un sacré paquet de gens qui n'avaient donc apparemment rien de mieux à faire que flâner dans les rues, puisque ce jour ressemblait à un dimanche, déambulant, le nez en l'air, l'œil perdu parfois accroché par une devanture de boutique, s'arrêtant donc pour observer des vêtements, des chaussures, des couteaux, des assiettes ou de petits objets vaguement utiles en plastique mou et coloré, en papier, en bois, qui servaient à faire joli dans un appartement, se demandant peut-être à quoi ils pouvaient bien servir, les lorgnant s'interrogeant sur le prix, sûrement exagéré, qu'ils pouvaient bien coûter, les jaugeant jugeant sans doute le prix qu'ils auraient bien voulu y mettre, si ça n'avait tenu qu'à eux, la moitié, le dixième peut-être, et progressant donc d'une vitrine l'autre le nez en l'air et le regard vague ; se promenant, comme nous, sans que nous arrivassions à savoir s'ils y étaient habitués ou si c'était, pour eux aussi, un jour un peu spécial, et nous demandant si nous leur ressemblions vraiment et quel genre de communauté s'était donné là rendez-vous.

Les places, comme toujours, s'ornaient de platanes, les mêmes que dans les vieilles cours d'école et au long des petites routes, des platanes aux allures de blessés de guerre, qui seraient rentrés au pays estropiés et dont leur famille n'aurait pas voulu, et qu'on aurait plantés là.

De temps à autre nous nous arrêtions devant des portes cochères d'une hauteur démesurée, et nous attendions. Quelqu'un finissait presque toujours par en sortir et nous découvrions alors la cour. Il y en avait de décevantes, rongées par les poubelles et les voitures, écrasées par un second immeuble lézardé, des cours sombres ; d'autres au contraire s'ouvraient sur presque un jardin en fleurs de saison et des façades entières recouvertes de vigne, des arbres entretenus à l'anglaise, taillés régulièrement et pas trop court, des figuiers, des tilleuls. Il y en avait une, particulièrement, où nous nous sommes arrêtés un moment sur les marches d'un escalier extérieur aux rambardes perlées des retombées d'une clématite bleue, recouvrant la pierre jusqu'aux toits, frangeant les fenêtres d'irréguliers ovales, courant sur les pavés, s'accrochant aux moindres interstices, s'effilochant comme une écume dans les parterres où fleurissaient, à cette époque de l'année, des théiers et des camélias blancs telles d'étranges campanules géantes, et des roses d'hiver, rustiques et touffues comme des jupons, le lierre se perdant là-dedans devenant la fougère d'une forêt miniature, dégoulinant directement de la façade dans ces bosquets se faisant cascade et ruisseaux d'une Amazonie de rêve, d'une planète entière ou d'un Paradis de fleurs où nous nous reposions. Éléonore disait que c'était ça, le charme de la ville. Et pourtant, remarquai-je, des arbres, il y en a plus à la campagne. Cela l'a fait rire de bon cœur. Éléonore était une fille de la ville.

Nous sommes passés dans un parc où les promenades étaient plus familiales que sur les avenues. On voyait des grands-parents pousser des landaus ou courir faiblement après de bruyants petits garçons qui n'allaient pas encore à l'école. L'impression de dimanche était complète. Elle a dit qu'elle voudrait bien des enfants, plein d'enfants a-t-elle rectifié en riant, parce qu'elle était fille unique. Moi je n'avais rien contre, mais je n'y avais jamais pensé. Peut-être aussi que c'était une envie de femme, et que je n'en avais jamais rencontré qui ait eu le temps de me le dire. Elle m'a dit que bien sûr, avec mon mode de vie, elle comprenait que je n'y aie jamais pensé. Elle a dit cela gentiment, comme une amie, et c'est ce qui m'a un peu gêné.

On s'est assis sur un banc en pierre que le soleil de la journée avait fait sécher. On avait beaucoup marché. Autour de nous des couples de vieillards et des enfants gambadaient d'une allure également malhabile parmi les fleurs. Je ne sais toujours pas pourquoi je me suis mis à lui poser des questions : je crois qu'elle m'avait un peu énervé, en parlant de mon mode de vie. J'avais envie de lui dire que la veille, au moins, j'avais été la seule personne, peut-être, sur laquelle elle avait pu compter, que c'était pour ça qu'elle était venue chez moi, qu'elle m'avait attendu ; la seule qui n'ait rien de mieux à faire, jamais, que d'être heureuse de la revoir ; la seule vraiment disponible, à ne pas avoir d'emploi du temps, et tant pis si c'était, justement, parce que j'étais un peu idiot et trop gentil comme on dit ; la seule à ne jamais se formaliser, à se foutre de tout, tant pis si c'était à cause de mon oisiveté ou de ma naïveté, de mon indifférence ou de mon imbécillité, mais la veille j'avais été la seule personne à pouvoir tomber comme ça, à l'improviste, éperdument amoureux d'elle.

Éléonore avait un boulot dans la communication, une famille un peu compliquée, et un chat qui s'appelait Margaux. Elle avait pris sa journée. Elle avait des problèmes dont elle ne voulait pas parler. Elle habitait chez son copain, son ami, son compagnon, son partenaire, son fiancé, son « chum » comme on dit au Québec, elle habitait chez son petit copain. Elle ne savait pas pourquoi elle était venue chez moi la veille, parce qu'elle en avait eu envie, supposait-elle, juste comme ça en somme, et elle ne savait pas si elle me reverrait, pourtant en me caressant les cheveux elle m'a dit qu'elle avait passé un très beau moment, elle l'a dit avec un sourire un peu triste. Je devais avoir l'air perdu, alors elle a continué à me sourire, me disant que je n'y étais pour rien, qu'elle-même ne savait pas trop ce qu'elle allait faire en rentrant. Elle était habituée à une vie plus rangée, comme si la mienne était chaotique ou comme si cela me dispensait de sentiments. Comme si les hommes étaient toujours les plus forts.

Le soir je suis rentré chez moi à pied, tout seul, et il s'est remis à pleuvoir.

Il pleuvait comme aujourd'hui, comme ça n'a pas cessé depuis. Mais je n'ai pas pleuré. Les pleurs sont venus après.

Dans le placard où l'on trouve les albums de photos et les cartons à chaussures qui servent à remiser celles qui n'ont pas été collées, au milieu des classeurs présentant une collection de timbres, des piles de draps de chanvre épais, des chapeaux et des toques, parmi les bibelots, bougeoirs, vases, quelques cahiers à la couverture cartonnée, des cahiers d'écolier de grand format, quadrillés de lignes indigo. Il en tire un qu'il reconnaît pour l'avoir vu cent fois, mais qu'il n'a jamais lu. Le ramène dans la cuisine où le café chante, l'ouvre à la première page.

On y a collé une carte d'embarquement, et la photocopie d'un plan.

C'est un plan de la ville de Séville.

Elle a, vaguement, la forme d'un pubis, bordée au sud, en V, par le *río* Guadalquivir.

Il n'ose pas tourner la page. Il commence à se souvenir et c'est assez, ne veut pas être submergé. C'est un voyage qu'ils avaient fait ensemble. Le dernier. Alors il s'attarde sur le nom des rues, *calle Amor de Dios, calle Espíritu Santo, calle Jesús, San Juan de Ávila, Jesús del Gran Poder, Cristo del Calvario, calle Santa María la Blanca*. Et puis *avenida del Cid, Mendoza, Cristóbal Colón, Reyes Católicos*. Et aussi *calle Trajano, Julio Cesar, avenida de Roma*. En les relisant il lui semble comprendre pourquoi elle avait pu rêver si longtemps de ce voyage, et pourquoi elle avait voulu le faire avec lui. Maintenant lui aussi peut rêver, devant la carte photocopiée de Séville, rien qu'en répétant pour lui-même ces noms héroïques et douloureux qui lui racontent une histoire de magnificence et de guerres. À l'époque il avait juste été ébloui par le soleil blanc, la terre ocre. Peut-être savait-elle que ce serait leur dernier voyage.

C'était en plein été. La carte d'embarquement indiquait le 29 juillet, et un M, c'était donc un mardi ou un mercredi. Il venait d'avoir dix-huit ans. Ils étaient partis le matin, à dix heures, sur un vol fumeurs.

Il ne s'en était pas rendu compte à l'époque, mais elle avait dû préparer ce voyage pendant des mois, choisir l'itinéraire qu'ils allaient suivre en voiture de location à travers les montagnes, réserver les hôtels dans les petits villages, alors qu'elle ne parlait pas espagnol, alterner les auberges et les *paradores*, *Ronda*, *Granada*, *Jaén*, *Córdoba*, prévoir la fatigue et la chaleur, se renseigner sur les restaurants, les spécialités locales, les dates de corridas, apprendre, presque par cœur, les guides et notamment ceux qui parlaient d'architecture et d'histoire, expliquaient le passage du style almohade au gothique, des mosquées aux cathédrales, tout savoir, ou le plus possible pour, sur place, avoir l'impression magique de reconnaître des lieux familiers et les lui expliquer, lui transmettre cette émotion, faire de chaque seconde un bonheur secret qui leur appartiendrait, pour toujours.

Un bon souvenir, d'été, chaud comme les seins de sa mère. Mais il n'en est pas assez loin encore pour y penser sans tristesse. Le cahier est ouvert devant lui et il en tourne les pages, incrédule.

Il y a des photos de la *Giralda* et de l'*Alcázar*, la cour des Orangers ; et de petits commentaires à l'encre noire précisent les lieux, les dates, d'une écriture qu'il connaît depuis tout petit, qu'il essayait de copier, adolescent, pour se vieillir. Parfois elle avait collé aussi des tickets de bus, des notes d'hôtel, ou bien c'était le texte qui prenait toute la place et se mettait à raconter, jour après jour, ce qu'ils avaient vu, ce qu'ils avaient fait, dessinant au fil des pages une sorte de guide ultime, le sien, composé après le périple et la lecture de tous les autres guides, ne retenant, en somme, comme réels et importants que les événements qu'ils avaient vécus ensemble. La ville se réduisait à quelques quartiers, monuments, des récits de promenades, des adresses de bars ou de restaurants dans lesquels ils s'étaient arrêtés. Leur Andalousie. Mais il ne reconnaît pas tout de suite les endroits, ne parvient pas à retrouver le décor d'un hôtel, le menu d'un dîner. Pour lui c'est comme un rêve. Le souvenir d'un rêve. Il revoit seulement quelques scènes, comme le spectacle de flamenco gitan, dans le quartier de Triana.

Il l'imagine, elle, à la place de la danseuse, dans la robe noir et rouge de la danseuse. Elle avait les cheveux noirs d'une Espagnole.

L'eau bout. Il coupe le feu et la laisse refroidir. Rallume une cigarette. Reprend le cahier, revient plusieurs pages en arrière, se décide à lire ce qu'elle y a consigné, sans savoir, au juste, ce qu'il y cherche.

« Il y a des voiles dans plusieurs allées, des voiles couvrent les accès vers Italica et vers le pont de la Barqueta. L'âme de Séville est présente en tous lieux, à tout moment : la succession des pergolas qui couvrent de fleurs la plupart des allées, la lumière blanche, aveuglante et le fleuve et les voiles. »

Il relève les yeux, les garde suspendus dans le vide. Il cherche la même image mais ne la trouve pas. Se demande comment il a pu faire ainsi l'expérience d'une telle beauté sans en avoir plus de traces. La mort de sa mère a effacé bien des choses de son passé.

Le soir du flamenco : « Vers deux heures, je propose de rentrer : Thomas n'est pas d'accord et me fait supporter son humeur de chien. Nous nous trompons de bus et nous nous retrouvons en rase campagne, seuls avec le chauffeur, dans les faubourgs de Triana... Finalement il nous arrête devant l'arrêt d'un autre bus qui revient dans le centre et nous dépose près de notre hôtel, à trois heures du matin. Thomas lit jusqu'à quatre heures pour bien me montrer qu'il n'a pas envie de dormir ! Je me dis qu'il est encore un peu mon bébé... »

Précipitamment, il tire sur sa cigarette une bouffée trop longue qui lui brûle les yeux et les lui ferme. Une petite marée de larmes monte dans ses paupières inférieures. Il les frotte. Tourne les pages, plus vite, plusieurs à la fois. Il se demande comment il a pu faire ainsi l'expérience d'un tel amour sans en avoir plus de traces qu'une rage de pleurs.

Comment il a pu lui survivre.

Ce fut au prix de l'oublier un peu, sans doute, et maintenant cet oubli le tue.

À Ronda, il y avait un restaurant, perché, dont la terrasse était creusée dans la falaise. On voyait, tout en bas, le Tajo minuscule en août, qui avait à force de millénaires découpé ces gorges grandioses, beiges, ocre et brunes, striées telle une toile où s'accrochaient des buissons et des oliviers. Plus loin, un viaduc ancestral de briques et de pierres, aux dimensions gigantesques, semblait défendre l'entrée du canyon. On y distinguait plusieurs ponts. Un au niveau de l'eau ; un au sommet de la falaise ; un pont intermédiaire enfin, à l'intérieur de la structure, reliait les deux piliers principaux, garni d'une fenêtre et de meurtrières. Ce devait être une simple salle, d'où cinquante hommes pouvaient tenir la passe. La lumière chaude et rasante du crépuscule faisait au-dessus de ce spectacle un ciel bleu roi, profond. Vénus et les premières étoiles y brillaient avec une intensité qu'on ne trouve que dans le Sud.

Elle avait jeté sur ses épaules un châle blanc, brodé de fleurs rouges, qu'il lui avait offert à Séville en dépensant tout l'argent de poche qu'elle lui avait confié pour le séjour. C'était la première fois depuis longtemps qu'il regardait sa mère et la trouvait belle, cela l'étonnait presque. Il observait la boule noire et brillante de ses cheveux, les arcs bienveillants de ses sourcils, l'arrondi de ses paupières, le rire et le mystère d'amour qui scintillaient à la surface de ses yeux sombres et sans rides, frappés seulement aux bords extérieurs de deux plis légers qu'il lui avait toujours connus et qui ne disparaissaient pas lorsqu'elle était triste, ses yeux jeunes et gais par lesquels il avait appris à contempler la beauté du monde. Entre eux, sur la table de la terrasse du *Don Miguel* à Ronda, trois bougies plates flottant dans un photophore donnaient à la couleur de sa peau un teint mat et chaud, à son regard l'éclat changeant d'une étoile, immortelle. Derrière elle, au bord du parapet, des lauriers blancs, des lauriers roses pâlissaient à l'approche de la nuit, imperceptiblement, tandis que leur feuillage s'épaississait au contraire d'une obscurité qui le confondait avec les pierres. Le bleu du ciel devenait celui des grands fonds. La lune avait déjà changé de place. C'était le temps qui passait autour d'eux, sans bruit, semblait faire attention de ne pas les déranger dans leur conversation.

Il n'avait jamais mangé un vrai gaspacho, s'émerveillant du goût vert et frais des légumes auxquels la tomate n'ajoutait finalement que sa couleur et son sucre. Et elle riait comme depuis une semaine à le voir, presque un homme, avec encore tant de choses à découvrir. Peut-être se demandait-elle, aussi, combien de temps encore ce pût être elle qui les lui fît connaître. Elle ne pensait pas à la mort. Sans doute seulement qu'il rencontrerait une autre femme.

Alors elle s'accrochait à ce moment. Elle y puisait goulûment un bonheur qui fût mémorable, venant s'ajouter à d'autres plus anciens. Elle lui parlait, ce qu'elle n'avait jamais fait auparavant, de sa propre jeunesse, des rues d'Alger la Blanche et des escaliers si nombreux qui faisaient, disait-on, les belles jambes des filles. Elle lui représentait l'appartement de ses parents, sa chambre et la galerie qui menait à la salle de bains, qu'il suffisait de traverser, durant la journée en été, pour se sécher et il imaginait, comme s'il se fût agi d'une autre personne, grâce aux rares photos qu'il avait déjà vues d'elle à cette époque, sa mère si jeune qu'il ne la connaissait pas encore traversant nue ce corridor à ciel ouvert, inondé de soleil, vision d'un luxe simple, d'une suavité inouïe. Pour elle-même ces souvenirs semblaient appartenir à une autre vie. Un autre corps avait plongé, les muscles tendus vers la mer, nerveux et souples, du haut des dalles de béton qu'on avait installées en quinconce sur les rochers bruns, dans ce club qu'on appelait *Le Beach* et qui réunissait, en fin de semaine, une jeunesse avide de se rencontrer. Il s'était rappelé que lors des quelques vacances qu'ils avaient passées dans le sud de la France elle était capable de nager pendant des heures, s'éloignant considérablement de la plage, et il avait compris ce soir-là que c'était vers l'autre rive en somme, qu'elle ne faisait que s'évader dans un souvenir qu'il ne partagerait jamais vraiment.

Cela avait été la première fois qu'il avait regardé sa mère comme une femme.

À un moment elle avait rajusté le châle sur ses épaules, parce qu'il commençait à faire frais, et lui avait souri pour lui faire remarquer que c'était un bon cadeau. Il l'avait trouvée belle.

En vieillissant ils auraient pu continuer à faire des voyages ensemble, à parler de longues soirées en tête à tête où elle se serait racontée peu à peu jusqu'à ce qu'il la connût entièrement. Bien sûr il se serait marié mais cela n'aurait rien changé. Avec le temps ils seraient devenus amis.

Dans son Journal, de retour d'Espagne, à propos de cette nuit elle avait simplement noté : « Délicieuse soirée passée à discuter avec Thomas, dans la vieille ville qui a conservé un véritable aspect oriental. Je me retrouvais un peu à Alger. Ici aussi et pour d'autres raisons nous prolongerions bien le séjour. »

Il n'y a rien sur la page qui suit.

Il cherche ce qu'ils ont fait, après. Cordoue, mais il ne s'en souvient plus. Sa mémoire bute sur le quadrillage indigo.

Après, il y eut l'hôpital, et l'hiver qui n'en finit plus.

Je ne saurais dire vraiment combien de fois je revis Éléonore, ni l'impression que cela me laissa. Elle est revenue peut-être trois ou quatre fois, toujours sans prévenir mais toujours j'étais seul, et sans me donner d'explications sur ses disparitions mais je n'en demandais pas, refusant de me laisser une adresse, un numéro de téléphone, jusqu'à son nom que j'ignorais mais là non plus je ne posais pas de questions, par timidité, par imbécillité, et sans doute aussi parce que j'avais compris que c'était le seul moyen de la garder, de l'empêcher de partir tout à fait. Éléonore m'était un papillon étrange, fragile et suffisamment beau, qui se posait parfois sur ma main sans que je pusse jamais l'attraper.

Je n'étais pas jaloux. D'ailleurs nous ne parlions pas de l'homme avec lequel elle vivait. Je n'étais pas heureux non plus.

J'étais comme les habitants des bidonvilles à qui l'on montre des publicités pour le contrôle de la natalité, sur lesquelles on voit une famille, avec un seul enfant, devant une belle maison qu'elle a pu acheter, et les pauvres gens de plaindre la famille exemplaire, de s'apitoyer sur elle, disant Quel dommage, avec une si grande maison, de n'avoir qu'un enfant, quelle pitié vraiment.

Je ne saurais dire, par exemple lorsqu'elle venait, si j'étais plus heureux quand elle arrivait que je n'étais malheureux lorsqu'elle repartait. Cela m'arrangeait qu'on ne parle pas de lui, mais je savais aussi que c'était mauvais signe et qu'elle l'aimait encore. D'ailleurs je n'étais pas sûr qu'elle m'aimât. Une question que je me suis souvent posée sans trouver de réponse, c'est de savoir à quel moment, lorsque j'étais avec elle, je commençais à penser au moment où elle me laisserait seul.

Je ne me souviens que de détails, des choses très précises comme la forme de ses yeux lorsqu'elle souriait, ou la merveilleuse impudeur de sa peau, mais quel jour, à quel moment, et si c'est la fois où nous nous sommes promenés sur les toits, ou celle où nous sommes restés dans ma chambre, quelle robe elle portait et si c'est la nuit qu'elle m'a réveillé ou le jour, je ne pourrais le dire sans mentir.

Elle avait les cheveux mouillés. C'était des cheveux sombres, brillants sous la pluie, aplatis, lissés, répartis en paquets comme des à-plats de noir d'ivoire, gorgés de térébenthine, étalés au couteau, se recouvrant selon des arcs larges, s'épaississant au bord en mèches tels des câbles. Certains lui barraient le visage, se collaient à ses joues rougies par le froid du dehors, comme de la pâte brute sortie du tube zébrant effrontément la transparence fragile d'un glacis de plusieurs siècles.

Lorsque ses cheveux les dissimulaient, je savais que ses yeux continuaient de voir. J'aurais aimé pouvoir regarder par ses yeux, me souvenir de mon visage, mais je ne revois que des choses d'elle, de petites choses.

Sa peau n'était plus ferme et lisse qu'en apparence, parcourue de plis d'angles et clairsemée d'un duvet qu'on ne découvrait que de près, contre la lumière, sous le nez, sur les avant-bras, dans la nuque et le long de sa colonne vertébrale jusqu'aux reins où cela faisait un tapis qui disparaissait en s'évasant, dans les creux longeant sa colonne vertébrale telles des rigoles, jusqu'à la cambrure plus large de ses reins, delta de lumière étale, plus haut retenue découpant des reliefs d'ombre aux épaules et sous les omoplates, ce duvet innombrable traçant donc un chemin, scintillant en contre-jour parcourant son corps autour des muscles et des os. Sous son nombril on pouvait observer telle une ligne ce duvet se couchant comme une herbe sous l'action de deux vents contraires, de plus en plus visible, entrelacé ainsi couché, de plus en plus vivace et noir à mesure qu'approchant le bas de son ventre, sous sa dernière courbe, ce liseron soudain se mettait à ramper dans un enchevêtrement de racines, de tiges plus fortes, recouvrant, s'étendant, la dernière courbe de son ventre disparaissant à l'intérieur de ses cuisses, comme une herbe folle dont les graines, venant de loin, se concentrent et s'épanouissent autour d'une source finissant par la dissimuler presque entièrement.

Éléonore avait des seins de très jeune femme, ce qui lui ôtait le besoin ou la pudeur de les dissimuler, et souvent il suffisait à sa chemise de se dégrafer d'un bouton pour les laisser apercevoir, lorsqu'elle se penchait, le gauche surtout à cause de l'emplacement des boutons.

Quand je serai enceinte, ils grossiront, me dit-elle un jour. Je ne répondis pas que j'aimais, moi, ses seins de très jeune fille à quoi seules mes mains les caressant, les plaquant contre la naissance de ses côtes donnaient une forme de coupe. Je me souviens aussi qu'ils sentaient bon.

Que me faisait du bien d'y presser mon visage, les yeux collés à sa peau, le nez tordu, écrasé sur l'os du sternum, abouché à leur naissance.

Aujourd'hui ne me restent que ces détails arrachés à la solitude. Aujourd'hui elle pourrait revenir. Elle entrerait sans bruit, dans mon dos, ses chaussures à la main, marcherait comme le vent. Elle porterait une jupe et un chemisier noir, en crêpe opaque et lourd. Elle dénouerait ses cheveux et ce sont eux que je sentirais les premiers, balayant comme un souffle mon cou lorsqu'elle se pencherait sur mon épaule. Je fermerais les yeux. D'un bras entourerais sa taille pour la presser vers moi. Sous mes doigts sentirais l'os pointu, saillant de sa hanche sous le tissu et, plus haut, la tension de sa peau se relâcher soudain à la poitrine. Dans ses mains elle aurait pris comme une boule de papier ma pauvre tête noire. L'aurait enfouie au creux de son corsage dégrafé. Je la respirerais. Entrouvrirais une bouche humide, entre la soie de Chine et la chair. Nous ne parlerions pas et ses mains me retiendraient là pour toujours. Nous ne bougerions plus, sa bouche sur mon crâne, elle voûtée telle une arche, moi blotti en elle, il n'y aurait plus rien à faire. Ses cheveux mouillés seulement me dégoulineraient sur les joues. Bruisseraient comme la pluie.

Mais rien ne s'est passé comme je l'espère.

Je ne saurais dire combien de fois je la revis, après notre promenade dans le parc, combien de fois elle réapparut, toujours à l'improviste et ne me laissant, disparaissant au matin, que des images dont je cherchais à détailler la précision pour me les graver dans la mémoire, des images seulement, dont je ne me rappelle que des détails infimes en nombre infini comme un ciel d'étoiles que je peux, depuis et encore, m'appliquer à déchiffrer. Je ne saurais le dire, ni pourquoi elle venait ni pourquoi, un jour, elle disparut pour de bon.

De la fenêtre de la cuisine on voit le parc encore ou ce qu'il en reste, comme au salon de l'autre côté, on en voit les décombres, les troncs couchés par la tempête, leur enchevêtrement noir et luisant, sous la pluie battante, de là-haut on contemple bien, si on en a le ventre, ces ruines, ces gravats d'arbres.

La fumée de sa cigarette fait des volutes grises et bleues de tabac brun; nuage gris, qu'il souffle à la fois du nez et de la bouche, et colonne bleue, plus mince, plus compacte, qui monte à la verticale du brandon de papier. Ses doigts sont jaunes, surtout l'index, à tel point que cela déteint sur l'ongle, terni comme par un vernis sombre et mat, une cire de bois exotique mal répartie dont les couches se superposeraient inégalement, créant des zones d'opacité plus ou moins grandes, des sortes de coulées. Il observe son ongle et la cigarette, la fait rouler entre ses doigts comme s'il en jugeait le calibre, l'élasticité, la rondeur, la perfection. Il observe la fumée qui s'en échappe, du côté de la cendre et, lorsqu'il vient d'en prendre une goulée, du côté aussi qu'il tient entre ses doigts, sans filtre, où le bord en papier s'humidifie, où les brins de tabac grossièrement haché dépassent de la section du clope et restent collés à son pouce lorsqu'il l'applique là contre, la fumée alors cessant de s'en échapper et, lorsqu'il la libère, léchant son pouce, l'entourant d'un voile de gaze légère, volatile, mais plus lourde cependant qu'une fumée de tabac blond, continuant de lui faire une enveloppe comme un pansement s'effilochant lorsqu'il retire, lentement, son pouce. Il observe la cendre, la carotte comme on dit, qui gagne sur le papier, se recourbe vers le bas et commence à donner des signes de faiblesse, de petites fractures à l'endroit où elle fait un coude, finira par céder, faisant donc de plus en plus attention, la portant à ses lèvres, de ne pas secouer la cigarette, au moment surtout qu'ayant longuement tiré dessus il faut la libérer, sans que le papier, qui a eu le temps de sécher sous la chaleur et l'aspiration, ne colle alors aux lèvres, l'exercice ratant par deux fois, la cendre deux fois se brisant net sous son propre poids, s'écrasant à terre, avant que la cafetière se mette à chanter plus fort, le tirant de sa rêverie, le ramenant vers l'évier et la cuisinière, et qu'il coupe alors le gaz, jetant le clope dans l'évier où il émet un crépitement cessant soudain de fumer, la cendre devenant noire, et terne.

Aux abords du cimetière les bois de pins couchés, écrasés par la tempête, fumaient ce jour-là d'une fumée sans feu, née du contraste entre la terre, encore chaude en cette période de l'année, et la pluie, glacée par le vent, qui s'abattait sur eux, peut-être aussi à cause du pourrissement qui commençait son lent travail de transformation. Il paraît qu'au-dessus des tombes les plus simples, en terre, au-dessus de ces talus la nuit il paraît qu'on peut voir, parfois, des feux follets qui font croire à des esprits, c'est ce que lui avait dit le maçon du village, qui s'occupe aussi des tombeaux, mais il ne sait plus pourquoi, au juste, il le lui avait dit.

Le café est trop chaud, encore, pour qu'il le boive. Il allume une autre cigarette, ouvre plusieurs placards, ne trouve pas de cendrier, sort une soucoupe en porcelaine, la pose sur la table à côté de sa tasse fumante et tapote, de l'index, sur la clope pour que la cendre s'en détache, ce qui produit des bruits sourds, d'habitude imperceptibles, dans le silence de l'appartement. Il se passe la main sur le front. Sa tête lui fait mal, depuis des jours, depuis l'habitude prise de froncer les sourcils en pleurant, pour faire venir les larmes plus vite et pour en finir, depuis qu'il a pris cette habitude de pleurer sans cesse et sans que les larmes, parfois, ne parviennent à sortir de son front. Le silence de l'appartement lui vrille le crâne. Il voudrait parler, juste pour entendre sa voix, mais il est seul. Et quoi dire ?

Il avait vu le curé, la veille de l'enterrement, et à lui non plus il n'avait su que dire. Qu'il avait fait fermer le cercueil parce que sa vue lui faisait mal au cœur, la dernière fois c'était à l'hôpital, avait-il dit, et le curé s'était tu. Lui aussi cherchait sans doute des paroles de réconfort, comme on dit, mais c'était de consolation qu'il avait soif, avait-il répondu doucement, comme un aveu, alors le prêtre avait parlé un peu de Dieu d'une voix terne et lui s'était tu. J'ai amené là mon poste, avait ajouté le bon père qui faisait son boulot comme un autre, comme le taxi corbillard, comme le maçon fossoyeur, j'ai amené avec moi ce poste pour voir avec vous si cela vous convient, pour la musique ; mais là encore il avait répondu vite qu'il était sûr que c'était très bien, Mozart, et puis il s'était tu, avait baissé les yeux, et plus personne n'avait parlé. Le curé était reparti, serrant contre lui son transistor sous la pluie, non sans lui avoir, d'abord, serré les épaules dans ses mains encore fortes, en le regardant dans les yeux, avec son regard perçant d'homme de Dieu qui n'avait plus rien à lui dire, mais qui prierait sans doute beaucoup pour lui. Il n'en avait pas voulu à ce vieillard, comme aux autres. Il se passe la main sur le front comme pour en chasser les images qui remontent sans cesse, lui reviennent à fleur de mémoire, mais n'y parvient pas. Fronce les sourcils, en tirant sur le clope qui crépite sous l'aspiration. Le silence de l'appartement lui fait mal. Le café trop chaud qu'il approche de ses lèvres lui fait mal. Cela fait des jours et des jours qu'il ne parle plus que par réflexe, des semaines qu'il n'a plus prononcé une parole que comme il fume. Il voudrait dire quelque chose qui rompe ce silence. Il voudrait entendre sa propre voix. Mais dire quoi ?

Il observe autour de lui d'un regard qui bute sur les choses et ricoche d'un meuble l'autre, sur la tasse dans sa main, chaude, glisse sur la table au plateau de Formica bleu, vient heurter les poignées des placards clos, suit au sol un labyrinthe invisible dans la mosaïque noire et blanche du carrelage, des petits carreaux comme au fond d'une piscine, son regard attrape un Caddie rangé dans l'angle de la pièce, entre l'évier et le mur, sorte de grand sac en toile de tartan vert, fixé à une armature de métal, tiges, roulettes, ses yeux voudraient le traîner sur le sol jusqu'à la porte, la rue et, plus loin, le supermarché où il restait au rayon des magazines pendant qu'elle faisait les courses, avec d'autres enfants feuilletant des bandes dessinées, mais rien ne bouge, plus rien ne vit, et son regard s'arrête à la moquette brune de l'entrée restée dans l'obscurité, revient dans la cuisine en grimpant le chambranle de la porte, laqué d'orange, coincé contre le Frigidaire américain, plus haut que lui, son regard glissant alors sur la laque rejoint, au-dessus de lui, le plafonnier blanc, rond comme une lucarne, dans lequel ont pénétré, taches en ombres chinoises floues, mangées de lumière, des cadavres de mouches, et son regard va s'y pendre.

Ses yeux rougis retombent dans son café.

Sa bouche s'ouvre, comme s'il venait de naître, comme s'il allait crier.

Pardon ! Il a dit ça dans un sanglot. Pardon, maman. Et au moment qu'il entend de nouveau le son de sa propre voix, il se souvient. Il revoit son visage, ses yeux noirs, à la brasserie où ils déjeunaient ensemble le samedi, après son cours de danse, avec toute une bande d'amies du temps qu'elle était aussi jeune que sur les photos, et il se souvient qu'il a été heureux, c'était il n'y a pas si longtemps, lui qui le plus souvent était le seul homme à la table, et le plus jeune, que toutes choyaient parce qu'il était son fils. Il se souvient des heures qu'il passait assis sur les marches du studio à les regarder faire leur barre, cette foule de collants, de justaucorps de toutes les couleurs, démultipliée par les miroirs de la salle, tous les chignons, serre-tête, bandeaux, queues-de-cheval, et la musique, au piano, d'un concerto de Mozart, qui résonnait sous les vasistas jusque dans la cour de l'immeuble, rythmé des injonctions du professeur, des mots comme *déplié, arrondi*, *jeté*, dont il n'a jamais vraiment compris le sens, des mots brefs qui tombaient tous les quatre temps et qui faisaient de tous ces corps de femmes, plus que du piano lui-même, les instruments d'une musique concrète.

Il lui semble, comme on dit qu'on peut voir défiler les images de sa vie au moment de mourir, qu'il voit passer dans sa mémoire des morceaux de sa vie à elle, tout un ensemble de joies, de grâces qui la faisaient exister et qui sont mortes avec elle, les morceaux d'elle-même qu'il n'a jamais partagés entièrement et dont il ne saura plus rien, comme les photos du temps qu'il n'a pas connu.

Même l'amour qu'elle avait pour lui, au fond il ne le mesurait pas.

Et il ne le connaîtra plus.

Éléonore disparut un jour parce qu'elle le devait, comme une métaphore usée, parce que l'époque était à la fin de tout. Pourtant je me foutais bien des guerres et de la tempête, des libertés publiques et du décodage du génome, des partouzards de la culture, des espions, des terroristes, des prix Nobel, de la dette publique, de la dette des pauvres, de la tête des riches et de la traite des Jaunes ; je me fichais pas mal, moi, de savoir si la terre allait tenir longtemps comme ça, avec nous sur son dos à lui pomper le sang tant et plus, depuis des milliers d'années, et qui d'elle ou de nous partirait le premier – des parasites, et avec un cerveau, en plus ! – ; me demandant seulement si elle allait revenir, Éléonore mon seul rayon de soleil de l'hiver, ma dernière étoile filante. Et au début ce fut long. D'en reparler ainsi me fait l'effet que cela n'en finira même jamais.

Des amis malgré tout passaient me voir, le plus souvent à l'improviste, essoufflés de mes six étages, ramenant une bouteille, ce qui était la règle de la maison : tous bienvenus avec une bonne bouteille et le sourire, même transpirant de l'escalier fraîchement gravi, même racontant des bêtises sur le conflit mondial ou le réchauffement de la planète, qu'on leur avait expliqué aux informations de la veille avec une cravate et du maquillage et qu'ils avaient enfin compris, essayant à leur tour de m'expliquer tout ça, tout ce qu'ils avaient appris grâce à ce providentiel professeur particulier souriant, la veille, à la télévision ; même alors ils étaient les bienvenus, s'ils ramenaient une bouteille, mention spéciale au haut-médoc et prix du public au pays de l'hérault, mais tous bienvenus ; et finissant par les boire ainsi que d'autres que je sortais de ma table de nuit, finissant par être saouls, finissant par en rire de tout ce qu'ils étaient venus m'annoncer de triste et de nouvelles graves, mais terminant toujours aussi la soirée en parlant, car cela me faisait du mal et cela me faisait du bien, la terminant en parlant d'elle, qu'on appelait, à force, mon cher fantôme.

Julien, évidemment, était un de mes habitués. Un soir il apporta une caisse entière de son petit chablis d'apéritif. C'était un cadeau qui tombait bien et que nous allions vider ensemble de bon cœur. C'était encore un soir que je pensais à elle et, au début, nous n'en parlâmes pas. Les nouvelles du monde n'étaient comme toujours pas très bonnes. L'économie en prenait un coup. La tempête n'arrangeait pas les choses, depuis des semaines. Bref, Julien perdrait sûrement son travail d'avocat, dans un cabinet d'affaires qui n'en faisait plus beaucoup. Moi je pensais à Éléonore et je commençais à me demander si je pourrais en mourir, si elle ne revenait pas. C'était une bonne soirée pour boire et, au début, nous étions plutôt gais.

J'avais sorti, le temps de refroidir le vin blanc, ma bouteille de whiskey, un irlandais de quinze ans qui accompagnait bien l'odeur du tabac brun que je pratiquais alors, parce qu'il était fumé à la tourbe. Ce qui est important dans ce genre de whiskey, c'est la tourbe bien sûr, le fait que c'est un combustible, une fois séchée en briques irrégulières moulées à chaud, faisant du whiskey fumé une sorte de pizza au feu de bois ; mais surtout ce qui est important dans la tourbe c'est qu'il s'agit d'abord d'une terre, grasse et gorgée de flotte, recouvrant une bonne partie de la campagne irlandaise, une terre en décomposition, faite d'amas de végétaux, de vase, de mousses, stoppés dans leur métamorphose d'humus par l'eau qui les engorge, s'arrêtant donc à mi-chemin de la matière organique ; la tourbe, expliquai-je à Julien, la tourbe c'est les limbes de la métempsycose ; et ce qui est remarquable c'est que ne sert pas seulement, cette tourbe, de combustible, mais qu'il est essentiel aussi que l'eau de la distillation, l'eau du refroidissement viennent également de ces ruisseaux qui se perdent, à un certain moment, dans les cuvettes des tourbières et y stagnent longtemps suivant là des parcours compliqués de tourbillons, de flux plus ou moins hasardeux, brassant cette matière, l'étouffant, la décantant, la polissant inlassablement, y faisant le lit des joncs pourrissants et le garde-manger des canards sauvages et des mouettes, ne s'asséchant jamais sous les nuages de l'Atlantique, gelant parfois, ce qui ne fait que ralentir encore le processus, pour un hiver de plus à attendre de se décomposer comme tout ce qui vit, en suspens quelques mois par an donc et reprenant toujours, à la fonte des neiges, de plus belle leur activité de pourrissement toujours inachevé, comme des fleurs oubliées dans un vase qu'on continuerait à remplir, noircissant, se désagrégeant, ne sentant même plus la merde au bout d'un temps, se déposant au fond du vase et libérant en filaments des fibres détachées et un gaz imperceptible, une mousse jaune et brillante comme une écume sale, se transformant ainsi de jour en jour mais de plus en plus faiblement jusqu'à ce que le mouvement, toute cette agitation de molécules, devienne invisible, et cependant jamais ne s'arrête, ne parvenant plus à se fixer dans une forme définie, quelque part, sur l'échelle des êtres, entre fleur et charbon, dans les limbes de la métempsycose.

Le whiskey à la tourbe m'était, comme Éléonore ou un souvenir de vacances, quelque chose dont je retombais toujours amoureux, rien qu'en en parlant. Nous buvions nos verres en deux temps. Deux tiers sec, au goût prononcé, un goût de chose vieille, de bois, d'incendie, un goût âcre de cendre, et puis un tiers après un temps où l'on a rajouté une goutte d'eau très froide, une simple goutte mais glacée qui vient briser cette amertume d'un coup, un tiers au goût de prairies et de rocs : la dernière gorgée passe comme un vent frais dans une grotte dont on a retrouvé l'entrée.

Quand la bouteille de whiskey fut asséchée nous sortîmes acheter des cigarillos, histoire surtout de prendre l'air et une pause avant le petit chablis, histoire de ne pas risquer, aussi, de n'avoir plus rien à fumer, plus tard dans la nuit.

Le fleuve, sorti de son lit, menait dans les ruelles, près des quais, sa vie de somnambule, faite de petites vagues dans l'eau noire qui créaient des ondulations de lumière, multipliant les réverbères et composant un monde féerique, inquiétant, où la ville entière finirait peut-être par sombrer, dans la nuit faisant onduler les lumières comme un ciel à l'envers et son clignotement d'étoiles, comme un ciel analogue.

Les commerces, dans les rues basses, avaient fermé. Sans doute, les rideaux de fer, baissés, n'empêcheraient pas longtemps l'inlassable goutte-à-goutte de s'infiltrer par la moindre fissure, de venir noyer les caves et l'entrée des souterrains, ronger le bois, saper les murs. L'odeur des égouts devenait sensible. Entre les pavés à la lisière de l'eau le mortier laissait monter des bulles : le sous-sol commençait sans doute à éponger les premiers dégâts. Les rats l'abandonnaient. On les voyait courir, dès l'après-midi, sur le bord de ce qui constituait pour eux le rivage d'un nouvel océan. Peut-être finiraient-ils par se faire des embarcations, avec les planches des anciens chantiers qui flottaient çà et là. Il y avait, c'était le plus frappant, des poissons morts, échoués : de gros poissons blancs sans écailles avec des ventres ronds remplis de merde et une barbe longue pour remplacer dans la vase leurs yeux devenus inutiles, des carpes sans doute, d'anciennes carpes, mutant depuis des dizaines d'années dans ce milieu d'égouts et d'huile de moteur, venues mourir dans le fleuve après la crue des canaux et l'ouverture des écluses, et s'échouant, ensuite, à deux pas de chez moi, dans les rues basses de la ville qu'on disait historique.

La nature s'en moquait pas mal que le quartier fût historique, d'ailleurs. Ou bien c'était une façon de nous rappeler, en dépit des musées et des rénovations, que le plus vieux devait mourir le premier.

En rentrant nous avons vu un de ces gros poissons blancs, aventuré trop près du bord, se faire attaquer par une petite colonie de rats qui avaient dû reconvertir leur cave en village de pêcheurs. La carpe, si c'en était une, avait une nageoire arrachée et une ouïe largement déchirée et ne parvenait plus, pour se défendre, qu'à donner des grands coups de queue sur le pavé. L'eau ne la recouvrait qu'à moitié. Ses efforts produisaient de grands bruits de claques et des éclaboussures scintillantes qui ne faisaient qu'exciter les rats, toujours plus nombreux. C'était peut-être la première fois qu'ils mangeait du poisson. C'était à deux pas de ma rue, à la porte d'une épicerie close où j'allais avant la tempête. Julien m'a fait remarquer un placard, sur la vitrine, parlant d'une guerre lointaine. On y voyait, surtout, le dessin d'un masque à gaz. Julien m'a dit que peut-être, bientôt, nous ressemblerions à des rats d'égouts. Pour les rats, je ne savais pas trop, mais pour ce qui était des égouts, lui ai-je répondu, ça faisait bien longtemps que nous vivions dedans.

En rentrant nous avons ouvert le petit chablis,

les six bouteilles en même temps, pour qu'elles s'aèrent. Ce n'était pas pour l'ivresse. Ce n'était pas non plus à cause des rats ou de la tempête, des guerres et de toute cette foutue époque où tout partait à vau-l'eau, même la ville, gagnée par le fleuve ; on ne buvait pas pour oublier je ne sais quel remords d'être là, ni pour des regrets d'amours ou d'enfance, même pas d'Éléonore ; ce n'était pas pour être mieux ni de se sentir mal qui nous faisait siphonner ainsi cette nuit-là, mais simplement l'habitude, depuis des années qu'on se connaissait, de boire lorsqu'on se retrouvait ; l'habitude de parler trop vite et sans articuler, d'en rire et de rire de n'importe quoi, de faire des calembours, de sentir ses jambes se couper et ne plus vouloir se tenir, et nos mains trembler légèrement sous le poids des bouteilles ; l'habitude, qu'on avait prise assez tôt, de regarder le monde vaciller, devenir informe et multiple, tordu, déséquilibré, jusqu'à ce que les paupières tombantes, aux coins plissés sous l'effort, s'alourdissent un peu plus, et ne se ferment que pour une chute, un cauchemar d'enfant ; nous buvions juste comme d'autres courent, ou envoient des fusées dans l'espace, pour mesurer, pour aller voir, au bout de nos forces, si l'abîme était toujours là, s'il était toujours aussi noir et froid ; nous buvions comme des rats grignotent encore les jours de peste, bravant la mort, croissant et s'acharnant dans la fange ; c'était tout simple en définitive : nous buvions parce que c'était une façon comme une autre de vivre.

À la fin nous étions allongés par terre, la tête appuyée sur le bord du lit, les pieds sous la table où s'étalaient, parfois couchées, les bouteilles, vides, et nous nous refilions pour de petites gorgées trop chaudes celle de pastis qui était la dernière de mon bar, ne tournant plus que difficilement la tête, fixant le plafond en prenant garde de ne pas s'endormir. Julien parlait d'Éléonore avec une voix empâtée où je discernais surtout les voyelles. Il ne croyait pas du tout à mon histoire.

Il tourne dans l'appartement, parcourt les pièces, comme s'il cherchait quelque chose, comme un fantôme cherchant peut-être le repos, virant, hantant cet appartement vide où il avait passé, enfant, une vie heureuse et indifférente. Il se promène dans le grand salon, la chambre, le bureau qui était sa chambre à lui ; dans chaque pièce ne laissant qu'un sillage fin de fumée sur son passage allant s'effilocher comme un nuage d'altitude, montant vers le plafond, une simple nappe légère ondulant, diaphane, entre deux airs ; ne laissant traîner derrière lui que ce nuage sec, gris bleuté, qui l'accompagne comme une aura dont l'odeur, de tabac brun, se mêle à celle de la poussière ; il se promène n'imprimant que cette marque éphémère de fumée, ne dérangeant pas les objets, ouvrant un placard dans la salle de bains, l'armoire du vestibule, et ne touchant même pas les serviettes, les vestes, les gabardines, l'imperméable, qu'il regarde d'un œil vide, poursuivant son parcours sans savoir ce qu'il cherche, comme un fantôme ne trouvant pas le repos.

Il s'assoit sur le canapé dévêtu de son drap depuis le passage de l'huissier, pose à côté de lui le carton à chaussures où sont, pêle-mêle, les photos, les regarde une nouvelle fois, s'étonne encore une fois de ne pas reconnaître les gens ou de ne pas retrouver, plutôt, à partir des images de leurs faces, le souvenir des visages vivants, le souvenir, lointain, des visages qu'ils avaient, vivant. Il tente de se rappeler des moments qui n'auraient peut-être pas été pris en photo et où il les verrait sourire, où il les entendrait parler. Mais, moins que tout le reste, il ne peut se souvenir de leur voix. Sur quel ton, avec quel timbre, quel accent, quelle était l'intonation précise, la façon de prononcer, par exemple, un r ou un p, la couleur, la chaleur, la texture, quelle résonance ces voix avaient éveillée en lui, puisqu'il les avait toujours reconnues, les aurait reconnues dans une foule ; et cherchant, fouillant ainsi sa mémoire, il ne comprend pas comment il a pu, si vite, oublier le son, tout simplement, de la voix qui lui avait appris son propre prénom. Sa mémoire s'efface à mesure qu'il essaie d'en dégager les décombres.

Son enfance, une ruine.

Et, comme une longue gueule de bois, l'hiver qui l'a recouvert de cendres sans qu'il puisse dire, précisément, comment c'est arrivé.

À la campagne, lorsqu'il y est revenu pour l'enterrement, les choses paraissaient plus faciles : le passé, un âge d'or, et les gens, des fantômes qui lui parlaient de loin de la famille depuis quatre générations, à la maison et, avant cela, à la ferme fortifiée qu'il n'a pas reconnue lorsqu'on la lui a montrée, sur le bord de la route en allant vers la gare, son portail large en pierre, sa tour carrée, l'escalier de granit, la cheminée où l'on pouvait tenir à dix, debout. Il fallait imaginer là une ancêtre qu'on appelait la man'vieille, près du feu, blanchissant les châtaignes, distribuant au matin les tâches des hommes de la maison, champs à semer, vaches à mener aux prés, brebis que surveillaient les petits-enfants en sifflant, en récitant des chansons en patois ou des prières à des saints oubliés. La man'vieille, qui avait donné à Maria, la bonne-maman, le secret du coin, dans la forêt, où l'on trouvait les cèpes à la saison, lorsque ses jambes la cantonnèrent au fauteuil de rotin tressé, près du poêle installé dans la grande cheminée. On lui racontait tout cela, et lui l'écoutait comme s'il se fût agi de la famille d'un autre, ou d'un roman de colporteur tel qu'il en avait vu, une pleine armoire, au grenier, sous forme de revues à abonnement, reliées en volumes au moment de Noël. On lui avait redit l'histoire du souterrain découvert à la cave par un trou de souris devenu brèche, galerie débouchant sur d'autres salles voûtées, en pierre, des fondations plus anciennes et oubliées, les hommes passant des jours à déblayer les gravats du passage éboulé, à la recherche d'un trésor et tombant pour finir sur des tonneaux pourris de vin évaporé et des sacoches de vieux outils. On lui parlait des fouilles, entreprises plus loin sur le terrain de la métairie, près des étangs à canards qu'on appelait des serves, et qui avaient mis au jour les restes d'une villa romaine et des tombes, plus récentes et cependant plus mystérieuses, plates, sans inscriptions excepté des trous, des encoches, en forme de Dieu sait quoi, des constellations peut-être. Les gamins des environs avaient répandu le bruit, qui tint pendant vingt ans au moins, qu'il s'agissait de pierres de sacrifice, parce qu'on y voyait aussi une rigole qui servait à chasser le sang, mais on savait depuis que des paysans, sans doute un siècle plus tôt, avaient tué là le cochon, et la magie de la région disparaissait à mesure que mouraient les vieux et la mémoire qu'ils avaient de ces choses-là. La bonne-maman avait fini par se marier avec un charcutier. Ils s'installèrent dans un village, et ne furent pas à la ferme le jour que mourut la man'vieille. C'était l'hiver et leur fille se souvint longtemps qu'elle avait entendu, lors de la veillée funèbre, des loups pour la première et la dernière fois ululer comme des oiseaux de nuit dans les bois sombres du nord de la propriété, qu'ils avaient vendue l'été suivant. On lui racontait tout cela qu'il n'a pas connu et ne connaîtra jamais. Il ne reste que lui, quatre générations plus tard.

Il vit en ville.

Il y fait des études.

Il n'a plus pêché dans une rivière depuis les temps de son enfance, lorsque son grand-père l'emmenait sur le Bandiat ou à l'étang sous le Chapelet du Diable.

La légende disait que saint Étienne avait été poursuivi dans cette forêt par le Malin. Sa fuite avait duré des jours et des nuits de veille, sans nourriture, sans repos. Partout où il se cachait, entre les racines d'un très vieil arbre creux, sous un fourré de ronces, dans l'ombre d'une buissière, il était toujours rattrapé, s'élançait de nouveau, haletant et halluciné, le visage fouetté par les genêts et les feuilles des branches basses, les genoux griffés par les cailloux et les bogues de marrons sur lesquels il rampait la nuit, à bout de forces. Le troisième jour, lorsque parut l'aube, il s'aperçut qu'il avait dormi. La respiration puissante et grave du démon tout proche le résigna. Il se mit à prier. La bête s'approchait de lui calmement, sûre de son triomphe, les naseaux pleins de feu et de haine. Au moment qu'elle allait s'élancer sur lui, Étienne laissa échapper son chapelet sur le sol et ferma les yeux. Lorsqu'il les rouvrit, chaque grain s'était transformé en une pierre de taille gigantesque, formant à travers la forêt une coulée de granit qui avait englouti le Malin. C'est ce que disait la légende, et qu'on appelait cet endroit, pour cette raison, le Chapelet du Diable.

Bientôt il sera le seul à la connaître. Ces vieilles histoires n'intéressent plus les gens à la campagne.

D'ailleurs lui-même se demande s'il y retournera un jour. Il vit en ville désormais, dans une chambre que sa mère lui avait trouvée, au-dessus du studio où elle prenait ses cours de danse. Elle ne lui avait jamais parlé de ses aïeux ni des choses qu'elle savait du pays. Elle pensait, sans doute, que cette envie viendrait de lui, plus tard.

Et puis elle est morte.

Il se lève, va rallumer le plafonnier, revient au canapé, reprend en mains des paquets de photographies qu'il effeuille ; il scrute, cherche des détails, lutte, éparpille, fouille, reconnaît des clichés qu'il pose à part, en dehors de la boîte ; il sélectionne, feuillette, furète, lutte, en étale certaines devant lui sur la table basse, les reprend, les approche de ses yeux, les éloigne pour les tenir dans la lumière ; les jauge, les date mentalement, peine à se reconnaître sur quelques-unes ; lutte, les épie, les guette, fronce les sourcils ; lutte, redresse un coin corné, caresse de l'index un visage, lutte ; il se souvient que bon nombre d'entre elles, c'est lui qui les a prises ; il ferme les yeux et lutte, de toutes ses forces.

Mais les images qui resurgissent, malgré les photographies, dès qu'il ferme les yeux, ce sont celles de l'hôpital.

Elle est couchée, et semble dormir au milieu d'une pièce. Elle est seule parmi des rayonnages où sont alignés toutes sortes d'ustensiles : des flacons, des cartons de draps, de gants et de pantoufles, de masques et de petits bonnets blancs stériles, des récipients de verre, d'émail, de plastique, et puis des appareils électroniques en pagaille, qui vibrent, vrombissent, ronronnent, clignotent, affichent des courbes d'oscilloscope, se soulèvent et s'abaissent mécaniquement en produisant une respiration de chaudière, émettent des signaux aigus réguliers, et à tout cela elle est raccordée pour ainsi dire par des faisceaux de câbles fins, de fils d'électrodes, de capillaires translucides construisant autour de son lit le maillage distendu d'une toile d'araignée détruite ; elle y est rattachée par les veines et la peau, les bras, les poumons, le nez, endormie dans ce cliquètement, ce raclement, ce ronflement incessant, au milieu d'une salle aux parois vitrées dont certains stores, contigus à d'autres chambres, sont baissés, couchée sommeillant dans la lumière blanche et bleutée, sans ombre, verticale, des néons de la salle de réanimation.

Dès qu'il s'approche elle ouvre les yeux, mais ils roulent, ne parviennent pas à se fixer sur lui. Les doses de morphine ne cessent d'augmenter depuis deux semaines. Il a mis les chaussons, les gants, la charlotte et le masque. Si elle peut le voir elle ne voit que ses yeux. Lui ne sait pas que regarder. Ne s'habitue pas. Ses yeux qui roulent. Ne comprend pas. Ses doigts gonflés. Ses tempes rasées. Ses lèvres blanches. Ses veines bleues. Il ne sait que dire. Les pulsations. Le ronflement des machines. Il ne comprend pas. L'agitation dans les salles autour. N'entend pas. Des infirmières et des médecins qui parlent du dehors. Des sonneries qui retentissent de temps à autre. Il ne sait pas comment c'est arrivé. Le cancer, le deuxième. Les métastases. Il ne se rappelle pas. Les allers-retours à l'hôpital pour le traitement. Ses yeux fous. Ses cheveux cassés. Son corps boursouflé. Ne sait pas pourquoi. Ses organes foutent le camp. Il ne voit pas le signe qu'elle lui fait de la main, faiblement. Ne trouve pas, ne retrouve pas. Les mots. Les souvenirs. Les sentiments. Ne reconnaît pas sa propre mère. Il pleure. Et elle ne voit que ses yeux. Il veut parler. Mais sa voix claque dans sa gorge comme une ampoule surchauffée. Il ne sait pas. Combien de temps il pourra tenir. Combien de temps avant que l'infirmière entre. Combien de temps. Avant qu'il reparte. Avant qu'elle parte. Il ne sait pas comment l'on meurt, ne comprend pas la mort, ne se souvient plus. Le mal de dos, comme un lumbago. Et puis au bout de l'été le voyage en voiture. Il ne se rappelle rien. Il conduisait, parce qu'elle ne pouvait déjà plus. Le médecin de famille. L'acupuncteur. Le rhumatologue. Il ne comprend pas. Les résultats des examens. Le bureau sombre. Le bois précieux. Les livres. Cette façon de le leur annoncer. Elle, qui s'effondre un peu. Qui se reprend. Qui s'en doutait. Il ne comprend pas. Lui ne s'en doutait pas. Ses yeux roulent. Ses doigts se tordent. Sa bouche s'ouvre, plus grande que le tuyau qui la fait respirer. Mais il ne comprend pas, elle ne peut plus parler. Plus que le bruit des machines et les sonneries, de temps à autre. Les blouses qui s'agitent, au-delà des vitres. Il ne comprend pas. L'infirmière qui entre. Ce dernier regard qu'il emporte. Ce dernier regard.

Je le connaissais depuis si longtemps, Julien : nous avions traversé, ensemble, cette période un peu étrange que nous vivions dans ces années-là, presque sans nous en apercevoir. Ou sans nous rendre compte, en tout cas, des changements que nous avions subis comme les autres et qui nous avaient sans doute un peu modifiés, nous ne nous étions pas alertés du fait que, peut-être, nous changions nous-mêmes, parce que nous pensions nous connaître comme des choses, si familières, observées depuis si longtemps qu'elles en sont devenues immuables. Et bien sûr ce n'était pas le cas.

Je n'ai d'abord pas bien compris ce qu'il voulait dire lorsqu'il m'a demandé pourquoi je lui avais raconté tout ça, mon histoire avec Éléonore, sa rencontre, nos rencontres, la fille du bar, la fille sous la pluie, notre histoire, ses disparitions, la fille aux cheveux d'anguilles, aux yeux telles des fleurines dans un plateau calcaire, pourquoi je lui avais raconté sa peau, et d'abord je n'ai pas compris sa question.

Julien m'était un ami, comme j'en avais, à tout casser, trois ou quatre. Nous nous étions connus au lycée où rien n'avait d'importance et, si la plupart d'entre nous avaient commencé, depuis quelques années, à se poser des questions sur soi-même, nous avions conservé, de l'adolescence, l'habitude de ne pas s'en poser sur les autres. La confiance, m'avait dit un jour Julien, c'est quelque chose qu'on accorde à l'autre, ce n'est pas quelque chose que l'autre doive mériter.

Mais nous vivions une période troublée, où tout avait tellement l'air de se casser le nez que moi-même, qui n'y prêtais pas beaucoup d'attention, je ne pouvais qu'en convenir quand nous en discutions. Des pans entiers de l'industrie s'effritaient comme un crépi au salpêtre boulotté par les pigeons, et le tertiaire, comme on l'appelait, ne faisait travailler qu'une horde de banlieusards intérimaires. Sur toutes les chaînes spécialisées de la télévision les cotations boursières avaient des soubresauts d'épileptique, marquant des creux plus grands à chaque annonce de guerre, des creux comme des failles qui faisaient plus trembler les gens que les guerres elles-mêmes, lesquelles avaient lieu loin de chez nous. Des maladies éradiquées depuis longtemps réapparaissaient dans l'insalubrité des grandes villes, plus malignes, plus tenaces, contre lesquelles ne faisaient plus effet les médicaments que certains avalaient par tablettes quotidiennes, de petites épidémies resurgissant de façon sporadique, emportant les plus faibles et ceux que les nouvelles sortes de viande avaient fini par immuniser contre les antibiotiques. Nous étions les Martiens de Wells envahissant notre propre planète, devenue étrangère et hostile.

Les tempêtes, surtout, qui s'abattaient depuis des semaines sur le continent entier, les tempêtes qui dévastaient les forêts et les maisons en préfabriqué comme des châteaux de cartes s'écroulant sur eux-mêmes, qui soulevaient les arbres de terre et les brisaient net, les fracassant les uns contre les autres, les tempêtes et leurs rideaux de pluie balayant des contrées entières, ajoutant à la violence du bélier le travail insidieux des sapeurs, transformant la ruine en naufrage, les tempêtes, surtout, effrayaient même les sceptiques et les idiots dans mon genre. Il semblait que l'univers sombrait, il y en avait d'ailleurs pour le dire.

Mais j'étais encore capable de boire, toute la nuit avec mon bon copain, de m'enfiler des litres de son petit chablis, nous étions capables de passer, encore, la nuit à rigoler sur des jeux de mots vaseux, à se payer la tête des rats qui, à deux rues de chez moi, sur les quais submergés, apprenaient à nager et à bouffer du poisson ; peut-être même que je n'en avais jamais été autant capable que dans ces temps-là. Et puis j'avais, dans cette période de troubles, mon rayon de soleil, Éléonore, ma dernière étoile filante. Je n'ai pas tout de suite compris Julien lorsqu'il m'a demandé pourquoi je lui avais raconté tout ça.

Il me tendait la bouteille de pastis en souriant d'une bouche humide, brillante, finissant lentement de déglutir et balançant la tête en retroussant ses lèvres, plissant aussi les yeux, le pastis pur n'étant pas si facile à avaler, même si l'ivresse aidait bien, et moi attrapant la bouteille avant que le bras se mette à trembler à son tour, lui souriant en retour, m'amusant de sentir le moment venir où nous serions malades, me demandant s'il n'était pas temps de faire un petit passage aux toilettes, et d'aider la nature en se faisant vomir, avant que ça prenne à l'improviste, avant que ça devienne désagréable ; mais son sourire disait qu'il n'avait pas son compte, comme on dit, pas encore, et lui souriant donc en prenant le goulot, le portant à ma bouche, secouant moi aussi la tête en fermant les yeux et soufflant fortement les vapeurs d'anis, rejetant ensuite mon regard au plafond, je n'ai pas compris tout de suite le sens de sa question.

C'est vrai, quoi, tu te laisses aller, a-t-il ajouté sans conviction, au milieu d'autres choses que je n'ai pas saisies et de jurons. J'étais un peu désarmé. Je savais qu'il ne voulait pas parler, comme les autres, comme d'habitude, du fait qu'elle me faisait courir et que ça n'en valait pas la peine, du fait qu'il ne fallait aimer que les gens qui nous aiment, c'est ce qu'il m'avait dit, déjà; mais là il parlait d'autre chose, et je ne comprenais pas de quoi ou je faisais semblant. Il fronçait les sourcils. Il me regardait sévèrement, comme si je l'avais déçu ou comme s'il était vraiment triste. Il était trop saoul pour se taire, et aussi pour parler clairement.

Peut-être que c'était à cause de toute cette foutue période que nous vivions, peut-être que nous avions changé. Peut-être que je ne pouvais, même un peu idiot comme j'étais, empêcher le monde, autour de moi, de se transformer, mes amis de grandir, comme on dit quand on est petit. Peut-être que nous avions vieilli, irrémédiablement. Julien avait l'air à cran, il avait l'air de m'en vouloir, pour la première fois. Ce n'était pas à cause de son job, ni du fait qu'il allait sans doute bientôt le perdre, comme tout le monde, disait-il, ce n'était pas à cause de toute cette époque de merde, de la tempête ou de la conjoncture, mais de moi, il était remonté contre moi.

Assis, à moitié couché plutôt comme il l'était, par terre, les jambes raides jouant sous la table à tréteaux avec les bouteilles vides que nous avions dézinguées, son pantalon lui remontait au-dessus des chevilles, lui dessinant en perspective de trop longs pieds cirés, au bout de mollets comme des baguettes, inspirant une sorte de ridicule redoublé par sa chemise, sortie du pantalon, froissée dont une manche était redescendue, tire-bouchonnant le long de son bras posé à terre, à côté de lui ; le tout faisait penser à un pantin, un corps trop lourd d'automate, attendant dans la boutique d'un horloger, sur un établi au milieu de copeaux de bois et de pièces de mécanique cassées, qu'on lui remonte ses ressorts, inspirant donc une espèce de ridicule que ses yeux seuls, qui faisaient un effort désespéré pour demeurer fixés sur moi, que ses sourcils froncés et son regard, seuls, démentaient.

Je fis couler sur ma langue une nouvelle rasade, qu'elle emporta au fond de ma gorge avec la rapidité d'un reptile.

Puis une autre et je tendis la bouteille à Julien, tandis que le sol se mettait à tanguer faisant vaciller les murs. Je cherchais à me concentrer. Je cherchais quelque chose à lui dire.

Ce n'est pas facile à entendre, qu'on ne va pas bien.

Julien était le plus âgé des trois ou quatre amis qui avaient toujours été là pour moi. Cela avait compté, cette différence d'âge de deux ans, au plus, ç'avait été important quand nous étions jeunes, Julien ayant été pour moi, sans doute, quelque chose comme un grand frère, le seul à pouvoir, en fait, me dire des vérités que je ne voulais pas entendre.

Il traversait lui aussi une passe difficile, comme tout le monde disait-il, et il se permettait d'en rire, mais au fond depuis qu'il travaillait il était beaucoup plus sérieux que moi ; ça se voyait à sa façon, par exemple, d'acheter le journal tous les jours et d'en parler le soir quand on se rencontrait, ça se remarquait à des détails comme sa façon de s'habiller, le dimanche, avec des jeans et des sweats qui lui donnaient un air sportif qu'il n'avait jamais eu ; on pouvait s'en apercevoir, surtout, lorsqu'on le connaissait comme moi, à sa façon de faire des phrases définitives, qui ne voulaient pas dire grand-chose, des phrases toutes faites, en somme, qu'il avait l'air de répéter. Peut-être qu'il avait toujours été comme ça, dans le fond, mais quand je l'avais connu il parlait très peu, c'était même quelque chose que j'avais apprécié, chez lui, ce manque d'effusion, cette économie, ce côté peut-être sauvage que certains prenaient pour un manque de sensibilité ; cela me calmait, son silence, quand nous restions ensemble, des soirs et des soirs, me forçant à ne pas lui parler non plus. Tu vois, m'avait-il dit un jour, c'est ça l'amitié, c'est quand on n'a plus besoin de se parler pour se comprendre. J'avais remarqué que c'était le contraire dans un couple, et ça nous avait fait rire. Jamais une fille n'aurait pu nous séparer.

Il était plutôt sobre, aussi, quand on s'était connus, et même si, par la suite, il n'avait pas été le dernier à faire la fête, ça ne le prenait que rarement, comme une soupape de sécurité se mettant à chanter une fois de temps en temps, virant et tournant en tous sens, crachant de la vapeur un petit moment, et puis s'arrêtant comme c'était venu, se remettant à couver. Il ne m'avait jamais rien dit, avant cette nuit-là, mais je savais que ça l'inquiétait, parfois, de voir dans quel état je me mettais, à force. C'était pourtant lui qui était toujours là, qui venait me chercher au commissariat, qui me ramenait des soirées en voiture, qui venait me tirer de mon lit pour me faire prendre l'air, pour m'emmener en week-end à la mer, toujours là, pour moi, comme un grand frère qui couvrait mes bêtises, depuis qu'on grandissait ensemble ; toujours là sans un mot de reproche, continuant avec moi d'être silencieux comme avant, silencieux, par patience. C'est pour ça que je n'ai pas compris, d'abord, pourquoi il m'en voulait.

Julien a rattrapé *in extremis* la bouteille de pastis que je lui présentais en la balançant, au bout de mes doigts, par le goulot. Il l'a posée, le cul par terre, sans boire. Tu fais chier, à la fin, il m'a dit, tu fais vraiment chier, c'est ce qu'il m'a dit avec sa voix pâteuse qui mâchait les consonnes, et moi qui me concentrais pour le regarder dans les yeux, je ne pouvais pas répondre. Il m'a dit qu'il en avait marre que je picole tout le temps, que je raconte tout le temps des conneries quand on se voyait, c'est ce qu'il a dit, des conneries, comme cette histoire de nana que personne n'avait jamais vue et qui débarquait chez moi et me rendait malheureux comme une pierre, en moins d'un mois, sans que personne l'ait jamais vue, puisqu'il n'y avait que lui et moi dans le bar, le soir du Beaujolais, à la fermeture. Et moi, c'est ce que me disait Julien, moi je m'inventais cette histoire à la con parce que j'avais une vie de débile, dans un monde qui foutait le camp.

Après il n'a plus rien dit.

Le bruit de la pluie, dehors, qui avait repris de plus belle, empêchait qu'on se sente soudain trop seul.

Et puis on a fini le pastis. Il m'a souri faiblement en me tendant la bouteille de nouveau, m'a expliqué qu'il ne voulait pas me blesser, qu'il aurait bien voulu m'aider, même. Puis ce n'est pas si grave, il faut bien passer l'hiver, il a dit.

Il m'a dit qu'il le savait bien, que j'avais la vie dure, depuis l'enterrement.

Je voudrais disparaître, comme elle, comme tout le monde.

Après, on n'a plus rien dit.

Il se frotte le front du plat de la paume. Il voudrait pouvoir oublier ces images. Laissant les photos dans leurs boîtes, quelques-unes sur le canapé, il va vers la baie vitrée, contemple le parc, noir sous le ciel gris, jusqu'aux collines plus lointaines qui servent d'horizon aux frontières brouillées par la pluie et, devant ce spectacle, se demande une nouvelle fois ce qu'il fait là, non pas les raisons de sa présence, qu'il connaît trop bien, mais ce qu'il fait dans ce monde qu'il ne reconnaît plus, ce monde où tout semble devoir disparaître, se demande à quoi sert d'assister, sa vie durant, à la disparition du reste, jusqu'à ce qu'il meure aussi, n'attendant donc que cela, en somme.

Allumant une autre cigarette, il cherche à faire de l'ordre dans son esprit, se concentrant sur la respiration profonde, un peu saccadée, que nécessite l'usage du tabac ; s'observant, pour la millième fois, la cent millième, en train de recracher en plusieurs temps la fumée blanche et bleue, gardant la bouche ouverte après chaque inspiration, laissant s'échapper un nuage qui s'enroule autour de ses lèvres et de son nez comme une rivière qui coulerait vers le ciel, puis l'avalant et le soufflant plus léger, plus soluble dans l'air, le projetant contre la vitre où il se dissipe rapidement en cercles comme une onde, semblant faire vibrer légèrement le verre. La fumée disparaissant il aperçoit son reflet dans la glace, translucide sur le fond noir des arbres éventrés, plus sombre qu'au naturel, parcouru d'ombres franches sous les yeux et aux creux des joues. S'il baisse la tête, encore un peu, son regard s'éteint.

Il se dit qu'il se calme, qu'à force il se vide, et qu'il se calme.

Il retourne dans la cuisine, veut se faire un café, remet simplement de l'eau, se dit que si ce n'est pas assez fort il rajoutera un peu de chicorée dans son bol. La chicorée, pour lui, c'est quelque chose qu'on ne trouve que dans cet appartement : il n'en a jamais vu ailleurs. Dans le placard où elle est rangée il y a aussi des collections de sucres de bistrot, d'élastiques, de bouchons de liège, des centaines de carrés de Cellophane et deux blocs de paraffine, pour les confitures, des bocaux vides, des étiquettes de cahier d'écolier, des stylos-feutres sans capuchon, ou avec des capuchons qui ne leur vont pas ; il y a de la ficelle alimentaire, un rouleau de papier d'aluminium et, sous le rouleau, des feuilles un peu chiffonnées et roussies qui peuvent encore servir ; il y a même un petit paquet de papiers d'emballage au nom d'un boucher qu'il ne connaît pas ; et tout cela devait pouvoir être utilisé plusieurs fois, parce qu'il n'y avait pas de raison de gâcher, puisqu'il n'y avait pas de raison de mourir.

Dans les autres placards il trouve les assiettes, les bols, les plats, les verres, presque tous dépareillés et dont certains doivent avoir plus de cent ans, viennent du mariage d'une arrière-grand-mère ou peut-être même d'avant, mais avant, lui ne sait pas ce qu'il y avait. Aux États-Unis, on pourrait ouvrir avec tout ce fatras un musée archéologique sur la vie des pionniers ancestraux. Cette pensée le fait sourire, et aussi lorsqu'il retrouve les assiettes creuses, dans le placard des soupes et des vermicelles où trônent encore les pâtes alphabet qu'on lui faisait avaler, enfant, dans un bouillon maigre. Peut-être que la boîte provient de cette époque-là. Les souvenirs de la cuisine sont de bons souvenirs. Il s'assoit pour boire son café, plus calme, plus vide qu'auparavant. Il ne sait toujours pas ce qu'il va faire ensuite. Comment il passera l'hiver.

La pluie, de l'autre côté de la vitre, redouble et s'efforce, dirait-on, d'accompagner sa solitude.

Il ne retournera pas en ville. Il n'allumera ni la télévision ni la radio. Il ne priera pas Dieu, parce qu'il ne sait plus le faire, depuis longtemps. Il écoutera la pluie, son crépitement de mitraillette sur les dernières feuilles des derniers arbres, sa violence qui n'est pourtant pas une compagnie, mais il écoutera son bruit, celui de la nature stupide et indifférente, qui n'a rien à dire, il l'écoutera, ici, pendant des heures, peut-être pendant des semaines. Il repensera à elle. Il essaiera de retrouver, de trier, de comprendre, parmi les souvenirs de sa mère, ceux qu'il peut faire parler encore. Cela lui fera du mal, et cela lui fera du bien. Il ouvrira tous les placards. Dans des foulards il redécouvrira ses parfums. Il fouillera les tiroirs. Il relira les lettres, comme si elles venaient de lui parvenir, postées depuis la tombe, les lettres qu'il recevait, enfant, et que ses grands-parents lui lisaient parce que lui ne savait pas, mais dont il reconnaissait l'écriture et sachant déchiffrer son prénom sur l'enveloppe, depuis qu'il avait insisté pour qu'elle lui écrive, à lui. Il comprendra peut-être. Il se verra, petit, sur les photos, avec ses yeux à elle, et cela lui fera mal. Cela lui fera du bien.

Il est assis, légèrement voûté, sur le bureau, dans ce qui fut sa chambre d'enfant aux rideaux vert et bleu, le regard posé sur sa main tenant, en suspens au-dessus d'un large cendrier de verre, sa cigarette allumée. Dehors il fait nuit, on ne perçoit plus que le bruit de rafale de la pluie qui n'a pas cessé et, parfois, un coup de vent qui fait siffler la vitre entre ses joints, en face de lui. De son autre main il tient un stylographe, un vieux modèle argenté aujourd'hui noirci, dont la plume sèche hors de son capuchon. Il l'agite de temps à autre et l'éprouve sur un coin de papier qu'il couvre de hachures jusqu'à ce que l'encre se remette à couler.

Il ne sait pas comment on fait. Il n'a jamais écrit. Des lettres, mais ce n'est pas son fort. Il ne sait pas ce qu'on doit écrire quand tout s'écroule, le monde entier, l'univers s'effondrant nous laissant seul dans le silence de la nature même quand le vent siffle, même quand la pluie s'abat. Comment on fait, et ce qu'on doit écrire lorsqu'on cherche à se rappeler sa mère morte, une femme, n'importe laquelle tant qu'on peut en être amoureux, dans tout un tas de souvenirs qui ne veulent plus rien dire, une femme, une fille même de son âge pour y retrouver un peu d'amour, venir briser son isolement.

COMPOSITION : PAO ÉDITIONS DU SEUIL

Cet ouvrage a été imprimé en France par
CPI Bussière
à Saint-Amand-Montrond (Cher)
en juillet 2010.
N° d'édition : 103068. - N° d'impression : 100989.
Dépôt légal : août 2010.

Collection Points

DERNIERS TITRES PARUS

P2050. Pimp, *Iceberg Slim*
P2051. Graine de violence, *Evan Hunter (alias Ed McBain)*
P2052. Les Rêves de mon père. Un héritage en noir et blanc *Barack Obama*
P2053. Le Centaure, *John Updike*
P2054. Jusque-là tout allait bien en Amérique. Chroniques de la vie américaine 2, *Jean-Paul Dubois*
P2055. Les juins ont tous la même peau. Rapport sur Boris Vian *Chloé Delaume*
P2056. De sang et d'ébène, *Donna Leon*
P2057. Passage du Désir, *Dominique Sylvain*
P2058. L'Absence de l'ogre, *Dominique Sylvain*
P2059. Le Labyrinthe grec, *Manuel Vázquez Montalbán*
P2060. Vents de carême, *Leonardo Padura*
P2061. Cela n'arrive jamais, *Anne Holt*
P2062. Un sur deux, *Steve Mosby*
P2063. Monstrueux, *Natsuo Kirino*
P2064. Reflets de sang, *Brigitte Aubert*
P2065. Commis d'office, *Hannelore Cayre*
P2066. American Gangster, *Max Allan Collins*
P2067. Le Cadavre dans la voiture rouge *Ólafur Haukur Símonarson*
P2068. Profondeurs, *Henning Mankell*
P2069. Néfertiti dans un champ de canne à sucre *Philippe Jaenada*
P2070. Les Brutes, *Philippe Jaenada*
P2071. Milagrosa, *Mercedes Deambrosis*
P2072. Lettre à Jimmy, *Alain Mabanckou*
P2073. Volupté singulière, *A.L. Kennedy*
P2074. Poèmes d'amour de l'Andalousie à la mer Rouge. Poésie amoureuse hébraïque, *Anthologie*
P2075. Quand j'écris je t'aime *suivi de* Le Prolifique et Le Dévoreur *W.H. Auden*

P2076. Comment éviter l'amour et le mariage
Dan Greenburg, Suzanne O'Malley
P2077. Le Fouet, *Martine Rofinella*
P2078. Cons, *Juan Manuel Prada*
P2079. Légendes de Catherine M., *Jacques Henric*
P2080. Le Beau Sexe des hommes, *Florence Ehnuel*
P2081. G., *John Berger*
P2082. Sombre comme la tombe où repose mon ami
Malcolm Lowry
P2083. Le Pressentiment, *Emmanuel Bove*
P2084. L'Art du roman, *Virginia Woolf*
P2085. Le Clos Lothar, *Stéphane Héaume*
P2086. Mémoires de nègre, *Abdelkader Djemaï*
P2087. Le Passé, *Alan Pauls*
P2088. Bonsoir les choses d'ici-bas, *António Lobo Antunes*
P2089. Les Intermittences de la mort, *José Saramago*
P2090. Même le mal se fait bien, *Michel Folco*
P2091. Samba Triste, *Jean-Paul Delfino*
P2092. La Baie d'Alger, *Louis Gardel*
P2093. Retour au noir, *Patrick Raynal*
P2094. L'Escadron Guillotine, *Guillermo Arriaga*
P2095. Le Temps des cendres, *Jorge Volpi*
P2096. Frida Khalo par Frida Khalo. Lettres 1922-1954, *Frida Khalo*
P2097. Anthologie de la poésie mexicaine, *Claude Beausoleil*
P2098. Les Yeux du dragon, petits poèmes chinois, *Anthologie*
P2099. Seul dans la splendeur, *John Keats*
P2100. Beaux Présents, Belles Absentes, *Georges Perec*
P2101. Les Plus Belles Lettres du professeur Rollin.
Ou comment écrire au roi d'Espagne
pour lui demander la recette du gaspacho
François Rollin
P2102. Répertoire des délicatesses du français contemporain
Renaud Camus
P2103. Un lien étroit, *Christine Jordis*
P2104. Les Pays lointains, *Julien Green*
P2105. L'Amérique m'inquiète.
Chroniques de la vie américaine 1
Jean-Paul Dubois
P2106. Moi je viens d'où ? *suivi de* C'est quoi l'intelligence ?
et de E = CM2, *Albert Jacquard, Marie-José Auderset*

P2107. Moi et les autres, initiation à la génétique
Albert Jacquard
P2108. Quand est-ce qu'on arrive ?, *Howard Buten*
P2109. Tendre est la mer, *Philip Plisson, Yann Queffélec*
P2110. Tabarly, *Yann Queffélec*
P2111. Les Hommes à terre, *Bernard Giraudeau*
P2112. Le Phare appelle à lui la tempête et autres poèmes
Malcolm Lowry
P2113. L'Invention des Désirades et autres poèmes
Daniel Maximin
P2114. Antartida, *Francisco Coloane*
P2115. Brefs Aperçus sur l'éternel féminin
Denis Grozdanovitch
P2116. Le Vol de la mésange, *François Maspero*
P2117. Tordu, *Jonathan Kellerman*
P2118. Flic à Hollywood, *Joseph Wambaugh*
P2119. Ténébreuses, *Karin Alvtegen*
P2120. La Chanson du jardinier. Les enquêtes de Miss Lalli
Kalpana Swaminathan
P2121. Portrait de l'écrivain en animal domestique
Lydie Salvayre
P2122. In memoriam, *Linda Lê*
P2123. Les Rois écarlates, *Tim Willocks*
P2124. Arrivederci amore, *Massimo Carlotto*
P2125. Les Carnets de monsieur Manatane
Benoît Poelvoorde, Pascal Lebrun
P2126. Guillon aggrave son cas, *Stéphane Guillon*
P2127. Le Manuel du parfait petit masochiste
Dan Greenburg, Marcia Jacobs
P2128. Shakespeare et moi, *Woody Allen*
P2129. Pour en finir une bonne fois pour toutes avec la culture
Woody Allen
P2130. Porno, *Irvine Welsh*
P2131. Jubilee, *Margaret Walker*
P2132. Michael Tolliver est vivant, *Armistead Maupin*
P2133. Le Saule, *Hubert Selby Jr*
P2134. Les Européens, *Henry James*
P2135. Comédie new-yorkaise, *David Schickler*
P2136. Professeur d'abstinence, *Tom Perrotta*
P2137. Haut vol : histoire d'amour, *Peter Carey*

P2139. La Danseuse de Mao, *Qiu Xiaolong*
P2140. L'Homme délaissé, *C.J. Box*
P2141. Les Jardins de la mort, *George P. Pelecanos*
P2142. Avril rouge, *Santiago Roncagliolo*
P2143. Ma mère, *Richard Ford*
P2144. Comme une mère, *Karine Reysset*
P2145. Titus d'Enfer. La Trilogie de Gormenghast, 1
Mervyn Peake
P2146. Gormenghast. La Trilogie de Gormenghast, 2
Mervyn Peake
P2147. Au monde.
Ce qu'accoucher veut dire : une sage-femme raconte…
Chantal Birman
P2148. Du plaisir à la dépendance.
Nouvelles thérapies, nouvelles addictions
Michel Lejoyeux
P2149. Carnets d'une longue marche.
Nouvelle marche d'Istanbul à Xi'an
Bernard Ollivier, François Dermaut
P2150. Treize Lunes, *Charles Frazier*
P2151. L'Amour du français.
Contre les puristes et autres censeurs de la langue
Alain Rey
P2152. Le Bout du rouleau, *Richard Ford*
P2153. Belle-sœur, *Patrick Besson*
P2154. Après, Fred Chichin est mort, *Pascale Clark*
P2155. La Leçon du maître et autres nouvelles, *Henry James*
P2156. La Route, *Cormac McCarthy*
P2157. À genoux, *Michael Connelly*
P2158. Baka !, *Dominique Sylvain*
P2159. Toujours L.A., *Bruce Wagner*
P2160. C'est la vie, *Ron Hansen*
P2161. Groom, *François Vallejo*
P2162. Les Démons de Dexter, *Jeff Lindsay*
P2163. Journal 1942-1944, *Hélène Berr*
P2164. Journal 1942-1944 (édition scolaire), *Hélène Berr*
P2165. Pura vida. Vie et Mort de William Walker, *Patrick Deville*
P2166. Terroriste, *John Updike*
P2167. Le Chien de Dieu, *Patrick Bard*
P2168. La Trace, *Richard Collasse*

P2169. L'Homme du lac, *Arnaldur Indridason*
P2170. Et que justice soit faite, *Michael Koryta*
P2171. Le Dernier des Weynfeldt, *Martin Suter*
P2172. Le Noir qui marche à pied, *Louis-Ferdinand Despreez*
P2173. Abysses, *Frank Schätzing*
P2174. L'Audace d'espérer. Un nouveau rêve américain *Barack Obama*
P2175. Une Mercedes blanche avec des ailerons, *James Hawes*
P2176. La Fin des mystères, *Scarlett Thomas*
P2177. La Mémoire neuve, *Jérôme Lambert*
P2178. Méli-vélo. Abécédaire amoureux du vélo, *Paul Fournel*
P2179. Le Prince des braqueurs, *Chuck Hogan*
P2180. Corsaires du Levant, *Arturo Pérez-Reverte*
P2181. Mort sur liste d'attente, *Veit Heinichen*
P2182. Héros et Tombes, *Ernesto Sabato*
P2183. Teresa l'après-midi, *Juan Marsé*
P2184. Titus errant. La Trilogie de Gormenghast, 3 *Mervyn Peake*
P2185. Julie & Julia. Sexe, blog et bœuf bourguignon *Julie Powell*
P2186. Le Violon d'Hitler, *Igal Shamir*
P2187. La mère qui voulait être femme, *Maryse Wolinski*
P2188. Le Maître d'amour, *Maryse Wolinski*
P2189. Les Oiseaux de Bangkok, *Manuel Vázquez Montalbán*
P2190. Intérieur Sud, *Bertrand Visage*
P2191. L'homme qui voulait voir Mahona, *Henri Gougaud*
P2192. Écorces de sang, *Tana French*
P2193. Café Lovely, *Rattawut Lapcharoensap*
P2194. Vous ne me connaissez pas, *Joyce Carol Oates*
P2195. La Fortune de l'homme et autres nouvelles, *Anne Brochet*
P2196. L'Été le plus chaud, *Zsuzsa Bánk*
P2197. Ce que je sais… Un magnifique désastre 1988-1995. Mémoires 2, *Charles Pasqua*
P2198. Ambre, vol. 1, *Kathleen Winsor*
P2199. Ambre, vol. 2, *Kathleen Winsor*
P2200. Mauvaises Nouvelles des étoiles, *Serge Gainsbourg*
P2201. Jour de souffrance, *Catherine Millet*
P2202. Le Marché des amants, *Christine Angot*
P2203. L'État des lieux, *Richard Ford*
P2204. Le Roi de Kahel, *Tierno Monénembo*

P2205. Fugitives, *Alice Munro*
P2206. La Beauté du monde, *Michel Le Bris*
P2207. La Traversée du Mozambique par temps calme
Patrice Pluyette
P2208. Ailleurs, *Julia Leigh*
P2209. Un diamant brut, *Yvette Szczupak-Thomas*
P2210. Trans, *Pavel Hak*
P2211. Peut-être une histoire d'amour, *Martin Page*
P2212. Peuls, *Tierno Monénembo*
P2214. Le Cas Sonderberg, *Elie Wiesel*
P2215. Fureur assassine, *Jonathan Kellerman*
P2216. Misterioso, *Arne Dahl*
P2217. Shotgun Alley, *Andrew Klavan*
P2218. Déjanté, *Hugo Hamilton*
P2219. La Récup, *Jean-Bernard Pouy*
P2220. Une année dans la vie de Tolstoï, *Jay Parini*
P2221. Les Accommodements raisonnables, *Jean-Paul Dubois*
P2222. Les Confessions de Max Tivoli, *Andrew Sean Greer*
P2223. Le pays qui vient de loin, *André Bucher*
P2224. Le Supplice du santal, *Mo Yan*
P2225. La Véranda, *Robert Alexis*
P2226. Je ne sais rien… mais je dirai (presque) tout
Yves Bertrand
P2227. Un homme très recherché, *John le Carré*
P2228. Le Correspondant étranger, *Alan Furst*
P2229. Brandebourg, *Henry Porter*
P2230. J'ai vécu 1 000 ans, *Mariolina Venezia*
P2231. La Conquistadora, *Eduardo Manet*
P2232. La Sagesse des fous, *Einar Karason*
P2233. Un chasseur de lions, *Olivier Rolin*
P2234. Poésie des troubadours. Anthologie, *Henri Gougaud (dir.)*
P2235. Chacun vient avec son silence. Anthologie
Jean Cayrol
P2236. Badenheim 1939, *Aharon Appelfeld*
P2237. Le Goût sucré des pommes sauvages, *Wallace Stegner*
P2238. Un mot pour un autre, *Rémi Bertrand*
P2239. Le Bêtisier de la langue française, *Claude Gagnière*
P2240. Esclavage et Colonies, *G. J. Danton et L. P. Dufay,*
L. Sédar Senghor, C. Taubira
P2241. Race et Nation, *M. L. King, E. Renan*

P2242. Face à la crise, *B. Obama, F. D. Roosevelt*
P2243. Face à la guerre, *W. Churchill, général de Gaulle*
P2244. La Non-Violence, *Mahatma Gandhi, Dalaï Lama*
P2245. La Peine de mort, *R. Badinter, M. Barrès*
P2246. Avortement et Contraception, *S. Veil, L. Neuwirth*
P2247. Les Casseurs et l'Insécurité
F. Mitterrand et M. Rocard, N. Sarkozy
P2248. La Mère de ma mère, *Vanessa Schneider*
P2249. De la vie dans son art, de l'art dans sa vie
Anny Duperey et Nina Vidrovitch
P2250. Desproges en petits morceaux. Les meilleures citations
Pierre Desproges
P2251. Dexter I, II, III, *Jeff Lindsay*
P2252. God's pocket, *Pete Dexter*
P2253. En effeuillant Baudelaire, *Ken Bruen*
P2254. Meurtres en bleu marine, *C.J. Box*
P2255. Le Dresseur d'insectes, *Arni Thorarinsson*
P2256. La Saison des massacres, *Giancarlo de Cataldo*
P2257. Évitez le divan
Petit guide à l'usage de ceux qui tiennent à leurs symptômes
Philippe Grimbert
P2258. La Chambre de Mariana, *Aharon Appelfeld*
P2259. La Montagne en sucre, *Wallace Stegner*
P2260. Un jour de colère, *Arturo Pérez-Reverte*
P2261. Le Roi transparent, *Rosa Montero*
P2262. Le Syndrome d'Ulysse, *Santiago Gamboa*
P2263. Catholique anonyme, *Thierry Bizot*
P2264. Le Jour et l'Heure, *Guy Bedos*
P2265. Le Parlement des fées
I. L'Orée des bois, *John Crowley*
P2266. Le Parlement des fées
II. L'Art de la mémoire, *John Crowley*
P2267. Best-of Sarko, *Plantu*
P2268. 99 Mots et Expressions à foutre à la poubelle
Jean-Loup Chiflet
P2269. Le Baleinié. Dictionnaire des tracas
Christine Murillo, Jean-Claude Leguay, Grégoire Œstermann
P2270. Couverture dangereuse, *Philippe Le Roy*
P2271. Quatre Jours avant Noël, *Donald Harstad*

P2272. Petite Bombe noire, *Christopher Brookmyre*
P2273. Journal d'une année noire, *J.M. Coetzee*
P2274. Faites vous-même votre malheur, *Paul Watzlawick*
P2275. Paysans, *Raymond Depardon*
P2276. Homicide special, *Miles Corwin*
P2277. Mort d'un Chinois à La Havane, *Leonardo Padura*
P2278. Le Radeau de pierre, *José Saramago*
P2279. Contre-jour, *Thomas Pynchon*
P2280. Trick Baby, *Iceberg Slim*
P2281. Perdre est une question de méthode, *Santiago Gamboa*
P2282. Le Rocher de Montmartre, *Joanne Harris*
P2283. L'Enfant du Jeudi noir, *Alejandro Jodorowsky*
P2284. Lui, *Patrick Besson*
P2285. Tarabas, *Joseph Roth*
P2286. Le Cycliste de San Cristobal, *Antonio Skármeta*
P2287. Récit des temps perdus, *Aris Fakinos*
P2288. L'Art délicat du deuil
Les nouvelles enquêtes du juge Ti (vol. 7)
Frédéric Lenormand
P2289. Ceux qu'on aime, *Steve Mosby*
P2290. Lemmer, l'invisible, *Deon Meyer*
P2291. Requiem pour une cité de verre, *Donna Leon*
P2292. La Fille du Samouraï, *Dominique Sylvain*
P2293. Le Bal des débris, *Thierry Jonquet*
P2294. Beltenebros, *Antonio Muñoz Molina*
P2295. Le Bison de la nuit, *Guillermo Arriaga*
P2296. Le Livre noir des serial killers, *Stéphane Bourgoin*
P2297. Une tombe accueillante, *Michael Koryta*
P2298. Roldán, ni mort ni vif, *Manuel Vásquez Montalbán*
P2299. Le Petit Frère, *Manuel Vásquez Montalbán*
P2300. Poussière d'os, *Simon Beckett*
P2301. Le Cerveau de Kennedy, *Henning Mankell*
P2302. Jusque-là… tout allait bien !, *Stéphane Guillon*
P2303. Une parfaite journée parfaite, *Martin Page*
P2304. Corps volatils, *Jakuta Alikavazovic*
P2305. De l'art de prendre la balle au bond
Précis de mécanique gestuelle et spirituelle
Denis Grozdanovitch
P2306. Regarde la vague, *François Emmanuel*
P2307. Des vents contraires, *Olivier Adam*

P2308. Le Septième Voile, *Juan Manuel de Prada*
P2309. Mots d'amour secrets.
100 lettres à décoder pour amants polissons
Jacques Perry-Salkow, Frédéric Schmitter
P2310. Carnets d'un vieil amoureux, *Marcel Mathiot*
P2311. L'Enfer de Matignon, *Raphaëlle Bacqué*
P2312. Un État dans l'État. Le contre-pouvoir maçonnique
Sophie Coignard
P2313. Les Femelles, *Joyce Carol Oates*
P2314. Ce que je suis en réalité demeure inconnu, *Virginia Woolf*
P2315. Luz ou le temps sauvage, *Elsa Osorio*
P2316. Le Voyage des grands hommes, *François Vallejo*
P2317. Black Bazar, *Alain Mabanckou*
P2318. Les Crapauds-brousse, *Tierno Monénembo*
P2319. L'Anté-peuple, *Sony Labou Tansi*
P2320. Anthologie de poésie africaine,
Six poètes d'Afrique francophone, *Alain Mabanckou (dir.)*
P2321. La Malédiction du lamantin, *Moussa Konaté*
P2322. Green Zone, *Rajiv Chandrasekaran*
P2323. L'Histoire d'un mariage, *Andrew Sean Greer*
P2324. Gentlemen, *Klas Östergren*
P2325. La Belle aux oranges, *Jostein Gaarder*
P2326. Bienvenue à Egypt Farm, *Rachel Cusk*
P2327. Plage de Manacorra, 16h30, *Philippe Jaenada*
P2328. La Vie d'un homme inconnu, *Andreï Makine*
P2329. L'Invité, *Hwang Sok-yong*
P2330. Petit Abécédaire de culture générale
40 mots-clés passés au microscope, *Albert Jacquard*
P2331. La Grande Histoire des codes secrets, *Laurent Joffrin*
P2332. La Fin de la folie, *Jorge Volpi*
P2333. Le Transfuge, *Robert Littell*
P2334. J'ai entendu pleurer la forêt, *Françoise Perriot*
P2335. Nos grand-mères savaient
Petit dictionnaire des plantes qui guérissent, *Jean Palaiseul*
P2336. Journée d'un opritchnik, *Vladimir Sorokine*
P2337. Cette France qu'on oublie d'aimer, *Andreï Makine*
P2338. La Servante insoumise, *Jane Harris*
P2339. Le Vrai Canard, *Karl Laske, Laurent Valdiguié*
P2340. Vie de poète, *Robert Walser*
P2341. Sister Carrie, *Theodore Dreiser*

P2342. Le Fil du rasoir, *William Somerset Maugham*
P2343. Anthologie. Du rouge aux lèvres. Haïjins japonaises. Haïkus de poétesses japonaises du Moyen Age à nos jours
P2344. Poèmes choisis, *Marceline Desbordes-Valmore*
P2345. « Je souffre trop, je t'aime trop », Passions d'écrivains *sous la direction de Olivier et Patrick Poivre d'Arvor*
P2346. « Faut-il brûler ce livre ? », Écrivains en procès *sous la direction de Olivier et Patrick Poivre d'Arvor*
P2347. À ciel ouvert, *Nelly Arcan*
P2348. L'Hirondelle avant l'orage, *Robert Littell*
P2349. Fuck America, *Edgar Hilsenrath*
P2350. Départs anticipés, *Christopher Buckley*
P2351. Zelda, *Jacques Tournier*
P2352. Anesthésie locale, *Günter Grass*
P2353. Les filles sont au café, *Geneviève Brisac*
P2354. Comédies en tout genre, *Jonathan Kellerman*
P2355. L'Athlète, *Knut Faldbakken*
P2356. Le Diable de Blind River, *Steve Hamilton*
P2357. Le doute m'habite. Textes choisis et présentés par Christian Gonon *Pierre Desproges*
P2358. La Lampe d'Aladino et autres histoires pour vaincre l'oubli *Luis Sepúlveda*
P2359. Julius Winsome, *Gerard Donovan*
P2360. Speed Queen, *Stewart O'Nan*
P2361. Dope, *Sara Gran*
P2362. De ma prison, *Taslima Nasreen*
P2363. Les Ghettos du Gotha. Au cœur de la grande bourgeoisie *Michel Pinçon et Monique Pinçon-Charlot*
P2364. Je dépasse mes peurs et mes angoisses *Christophe André et Muzo*
P2365. Afrique(s), *Raymond Depardon*
P2366. La Couleur du bonheur, *Wei-Wei*
P2367. La Solitude des nombres premiers, *Paolo Giordano*
P2368. Des histoires pour rien, *Lorrie Moore*
P2369. Déroutes, *Lorrie Moore*
P2370. Le Sang des Dalton, *Ron Hansen*
P2371. La Décimation, *Rick Bass*
P2372. La Rivière des Indiens, *Jeffrey Lent*
P2373. L'Agent indien, *Dan O'Brien*

P2374. Pensez, lisez. 40 livres pour rester intelligent
P2375. Des héros ordinaires, *Eva Joly*
P2376. Le Grand Voyage de la vie.
Un père raconte à son fils, *Tiziano Terzani*
P2377. Naufrages, *Francisco Coloane*
P2378. Le Remède et le Poison, *Dirk Wittenbork*
P2379. Made in China, *J. M. Erre*
P2380. Joséphine, *Jean Rolin*
P2381. Un mort à l'Hôtel Koryo, *James Church*
P2382. Ciels de foudre, *C.J. Box*
P2383. Robin des bois, prince des voleurs, *Alexandre Dumas*
P2384. Comment parler le belge, *Philippe Genion*
P2385. Le Sottisier de l'école, *Philippe Mignaval*
P2386. « À toi, ma mère », Correspondances intimes
sous la direction de Olivier et Patrick Poivre d'Arvor
P2387. « Entre la mer et le ciel », Rêves et récits de navigateurs
sous la direction de Olivier et Patrick Poivre d'Arvor
P2388. L'Île du lézard vert, *Eduardo Manet*
P2389. « La paix a ses chances », *suivi de* « Nous proclamons la création d'un État juif », *suivi de* « La Palestine est le pays natal du peuple palestinien »
Itzhak Rabin, David Ben Gourion, Yasser Arafat
P2390. « Une révolution des consciences », *suivi de* « Appeler le peuple à la lutte ouverte »
Aung San Suu Kyi, Léon Trotsky
P2391. « Le temps est venu », *suivi de* « Éveillez-vous à la liberté », *Nelson Mandela, Jawaharlal Nehru*
P2392. « Entre ici, Jean Moulin », *suivi de* « Vous ne serez pas morts en vain », *André Malraux, Thomas Mann*
P2393. Bon pour le moral ! 40 livres pour se faire du bien
P2394. Les 40 livres de chevet des stars, The Guide
P2395. 40 livres pour se faire peur, Guide du polar
P2396. Tout est sous contrôle, *Hugh Laurie*
P2397. Le Verdict du plomb, *Michael Connelly*
P2398. Heureux au jeu, *Lawrence Block*
P2399. Corbeau à Hollywood, *Joseph Wambaugh*
P2400. Pêche à la carpe sous Valium, *Graham Parker*
P2401. Je suis très à cheval sur les principes, *David Sedaris*
P2402. Si loin de vous, *Nina Revoyr*
P2403. Les Eaux mortes du Mékong, *Kim Lefèvre*

P2404. Cher amour, *Bernard Giraudeau*
P2405. Les Aventures miraculeuses de Pomponius Flatus
Eduardo Mendoza
P2406. Un mensonge sur mon père, *John Burnside*
P2407. Hiver arctique, *Arnaldur Indridason*
P2408. Sœurs de sang, *Dominique Sylvain*
P2409. La Route de tous les dangers, *Kriss Nelscott*
P2410. Quand je serai roi, *Enrique Serna*
P2411. Le Livre des secrets. La vie cachée d'Esperanza Gorst
Michael Cox
P2412. Sans douceur excessive, *Lee Child*
P2413. Notre guerre. Journal de Résistance 1940-1945
Agnès Humbert
P2414. Le jour où mon père s'est tu, *Virginie Linhart*
P2415. Le Meilleur de L'os à moelle, *Pierre Dac*
P2416. Les Pipoles à la porte, *Didier Porte*
P2436. István arrive par le train du soir, *Anne-Marie Garat*
P2417. Trois tasses de thé. La mission de paix d'un Américain au Pakistan et en Afghanistan
Greg Mortenson et David Oliver Relin
P2418. Un mec sympa, *Laurent Chalumeau*
P2419. Au diable vauvert, *Maryse Wolinski*
P2420. Le Cinquième Évangile, *Michael Faber*
P2421. Chanson sans paroles, *Ann Packer*
P2422. Grand-mère déballe tout, *Irene Dische*
P2423. La Couturière, *Frances de Pontes Peebles*
P2424. Le Scandale de la saison, *Sophie Gee*
P2425. Ursúa, *William Ospina*
P2426. Blonde de nuit, *Thomas Perry*
P2427. La Petite Brocante des mots. Bizarreries, curiosités et autres enchantements du français, *Thierry Leguay*
P2428. Villages, *John Updike*
P2429. Le Directeur de nuit, *John le Carré*
P2430. Petit Bréviaire du braqueur, *Christopher Brookmyre*
P2431. Un jour en mai, *George Pelecanos*
P2432. Les Boucanières, *Edith Wharton*
P2433. Choisir la psychanalyse, *Jean-Pierre Winter*
P2434. À l'ombre de la mort, *Veit Heinichen*
P2435. Ce que savent les morts, *Laura Lippman*
P2437. Jardin de poèmes enfantins, *Robert Louis Stevenson*